ハヤカワ文庫 SF
〈SF2098〉

ユナイテッド・ステイツ・オブ・ジャパン
〔上〕

ピーター・トライアス
中原尚哉訳

早川書房
7861

UNITED STATES OF JAPAN
by
Peter Tieryas
Copyright © 2016 by
Peter Tieryas
Translated by
Naoya Nakahara
First published 2016 in Japan by
HAYAKAWA PUBLISHING, INC.
This book is published in Japan by
arrangement with
ANGRY ROBOT LTD.
a division of WATKINS MEDIA LTD
through TUTTLE-MORI AGENCY, INC., TOKYO.

人生を変えた二人のフィルに捧げる

少年の想像力に点火したフィル・K・ディック

そして私を信じてくれたフィル・ジョーダンに

ユナイテッド・ステイツ・オブ・ジャパン

〔上〕

登場人物

石村紅功《べにこ》（ベン）………大日本帝国陸軍大尉。検閲局勤務

槻《つき》野《の》昭《あき》子《こ》…………………特別高等警察（特高）課員

金《かね》古《こ》ティファニー………ベンの恋人

六浦賀《むつらが》計衛《かずひろ》………………将軍。ベンの元上司

六浦賀クレア……………六浦賀将軍の娘

藤盛《ふじもり》ジェンナ……………クレアの友人

若名《わかな》………………………将軍

久《く》地《じ》樂《ら》……………………メカパイロット

工匠《こうしよう》　……………………電卓バレーの暗黒街のボス

マーサ・ワシントン……ジョージ・ワシントン団の指導者の一人

第〇五一番戦時転住センター
一九四八年七月一日
AM8:15

アメリカ合衆国の死は一連の兆候があらわれていた。二十歳のルース・イシムラは数百哩《マイル》離れた日系アメリカ人強制収容所にいたため、それを知らなかった。収容所は粗末な住居が並び、急ごしらえの哨所が立ち、周囲は有刺鉄線のフェンスでかこまれた施設である。なにもかも埃《ほこり》だらけで、ルースも息が苦しい。他十一人の女性といっしょの部屋では、同室のキミコを二人が慰めていた。

「彼はいつも釈放されるから大丈夫よ」一人が言った。

キミコは取り乱していた。目は泣き腫らし、喉は痰《たん》と埃で詰まりかけている。

「でもこのまえバーナードはひどく殴られて、一カ月も歩けなかったわ」

バーナードの収容理由は、八年前に仕事で一カ月だけ日本を訪れたことだった。アメリカに完全な忠誠を誓っているのに、疑惑を持たれたのである。

ルースの寝台は軍用毛布の上に楽譜が散らばっていた。バイオリンは弦が二本切れ、もう一本もささくれていまにも切れそうだ。シュトラウスとビバルディの褪せた譜面とともに放置されている。食卓、椅子、棚は、壊れた箱やばらした木枠やその他の廃材を集めてつくられている。床板は毎朝掃いても汚く、隙間だらけでつまずきやすい。くたびれた石油ストーブは悪臭ばかり強く、冷え込みのきびしい夜にはろくに暖まらない。

ルースは、いっそう強く泣きはじめたキミコのほうを見た。

「一晩じゅう拘束されたきりなんて初めてよ。いつもかならず釈放されるのに」

キミコの両側にいる二人も深刻な顔だ。終夜の拘束は最悪の事態を意味することが多い。ルースは喉に違和感をおぼえて咳をした。呼吸を楽にしようと胸を平手で叩く。朝早いのにすでに暑い。ここは砂漠できびしい気候が続く。汗まみれの首を伸ばして、若い頃のキミコの写真を見た。資産家の令嬢として生まれた器量よしだ。

「ルース！ ルース！」住居の外から呼ぶ声は、ルースの婚約者のエゼキエル・ソンである。すぐに本人が室内に駆けこんできて、叫んだ。「警備員が一人もいなくなったぞ！」

ルースはエゼキエルの髪から砂埃を払ってやった。

「なんの話？」

「アメリカ人がいなくなったんだ。朝からずっと姿がない。車で去っていくのを見たって、年寄りたちが言ってる」

キミコが顔を上げた。

「アメリカ人がいなくなったの？」

「そうみたいだ」エゼキエルは明るい顔で答えた。

「なぜ？」

「びびって逃げ出したんじゃないかな」

「じゃあ、噂は本当なの？」

キミコの声が希望で上ずった。エゼキエルは肩をすくめた。

「たしかなことはわからない。でも天皇がここの全員の解放を要求したって話だ」

「でも、天皇がなぜわたしたちを保護するの？」

「あたしたちが日本人だからでしょ」ルースは言った。

「俺は半分しか日本人じゃないぞ」

エゼキエルが反論した。彼の血の残り半分は中国系である。痩せて撫で肩なので、実際よりも背が低く見える。畑で毎日働いているので日焼けし、肌は干したプルーンのようにかさかさに乾いている。波打つ黒髪は逆立ち、性格は潑剌《はつらつ》として少年らしい魅力がある。

「年寄り連中は、俺たちはアメリカ人だと言ってたぜ」

「これからはちがうのよ」

　日本人の血を十六分の一以上持つ者は、市民権の有無にかかわらず、この日系アメリカ人強制収容所に送られている。ルースは他の子どもたちの大半とおなじく痩せて、手足が棒のように細く、唇は荒れていた。肌は白いが、髪はばさばさでもつれている。エゼキエルとは反対に落ち着いて立ち、砂埃など気にしないふりをした。

「なにかあったのか？」エゼキエルがキミコに訊いた。

「バーナードが一晩帰らなかったの」キミコは答えた。

「ラス棟にいなかったか？」

「あそこにははいれないでしょう」

「もう警備員はいないぜ。いまから調べにいこう」

　五人は狭い部屋から収容所の敷地に出た。細長い住居が等間隔に数百棟も建ち並び、陰気で殺風景な眺めをつくっている。看板の〝戦時転住センター《WRAC》51〟の文字をだれかがバツで消して、かわりに〝怒《ラス》り51〟と書いている。住居の壁にはタール紙が貼られているが、気まぐれな天候のせいで細かくちぎれて垂れ下がっている。外壁の防水のために何度も重ね貼りされたが、見映えはさらに悪くなっていた。学校、野球場、形ばかりの商店、みすぼらしい集会場もあるが、どれも人気がなく廃墟化している。はてしない砂塵と焼けつく太陽にどこまでも支配された収容所の風景である。

一行がラス棟へ歩いていると、北西の角にある監視塔に人々が集まっていた。

「なにかしら、見にいきましょうよ」キミコの同室者の一人が言った。

エゼキエルとルースはキミコを見たが、彼女は人だかりを無視して、一人でラス棟へ足ばやに歩いていった。

二人は監視塔のほうへ行った。そこでは数人の男が内部を調べはじめていた。そのようすを日系一世や二世が真剣な面持ちで見つめ、なにごとにも指示を飛ばしたり質問を叫んだりしている。ルースの知らない収容者も多かった。一世と呼ばれる年長者は最初にアメリカに移民してきた人々で、若い二世はアメリカで生まれた世代である。あらゆる人が集まっていた。豚っ鼻にホクロが三つある男。割れた眼鏡をかけた婦人。苦労した経験の度合いで皺《しわ》の本数が異なる双子。生活苦は平等に肉体に刻まれる。浮いた骨やへこんだ腹が苦境をあらわしている。たいていの収容者はわずかな服しか持たず、身だしなみに苦労している。ほころびを毛糸でつくろい、糸のちがいは上手な縫い方で隠している。しかし靴ばかりはどうしようもない。すりきれたら替えはなく、たこだらけの素足にサンダル履きが普通だ。十代の子どもたちが集まり、なんの騒ぎかと興味津々で見守っていた。

「部屋の奥にアメリカ人が隠れてないかたしかめろ」

「休憩してるだけかもしれないぞ」

「食料は残ってないか？」

「武器はどうだ？」

なかを調べていた者たちがしばらくして出てきた。米兵は持ち場から逃げ出し、武器は持ち去っていると断言した。

そのあとに起きた喧々囂々《けんけんごうごう》の議論は、これからどうするかという問題がおもだった。

「帰るのさ！　他になにがある」若い男が主張した。

しかし年長者たちは乗り気でなかった。

「帰ってどうするんだ。外の状況も、ここがどこかもわからないんだぞ」

「外で戦闘が続いてたらどうするんだよ」

「出たとたんに撃たれるかもしれない」

「アメリカ人は俺たちを試してるんじゃないのか？」

「なにを試すんだよ。だれもいないんだぞ」

エゼキエルはルースを見て尋ねた。

「おまえはどうしたい？」

「解放されたのが本当なら……両親はきっと驚くわ」

学校の教室に兵隊がやってきたのは数年前のことである。屋外で一列に並ばされ、持ち物はかばん一つだけと言われて、遠足か、せいぜい短期間の行事だろうと思った。もうサンノゼに帰れないとわかったときは、大好きな本を一冊も持ってこなかったことが悲しくて泣いた。

人々が驚いて息をのみ、南を指さした。ルースが見ると、一筋の砂埃を蹴立てて小さなジープがこちらへ走ってきていた。

「どっちの旗を立ててる？」若者の一人が訊いた。

人々の視線が車体の側面に注がれる。舞い上がる砂埃で国籍マークはよく見えない。

「米軍だ」

「バカ、ちがう。日の丸だ」

「目が悪いのか？　絶対にアメリカだ」

ジープが近づくあいだ、時間の進みが遅くなった気がした。ほんの数碼《ヤード》が数哩《マイル》に感じられる。蜃気楼《しんきろう》のようだ。救いを待つ人々を愚弄する幻か。暑い日差しに焼かれ、服は期待と汗で湿っている。ルースは息をするごとに肺が苦しくなったが、それでも待ちつづけた。

「まだ国旗は見えないのか？」だれかが訊いた。

「まだだ」

「目がおかしいんじゃないのか？」

「そっちの目こそ」

しばらくしてようやく国籍が見分けられるようになった。

「大日本帝国陸軍の車両だ」

やってきたジープが停まり、強壮な若者が降りてきた。上背は六呎《フィート》近くあり、日本軍の茶色の軍服に、〝千人針《せんにんばり》〟と呼ばれる幸運の縫い目を千個いれた赤い飾り帯をかけている。収容者たちはそのまわりに集まって尋ねた。

「外はどうなってるんだ？」

日本兵はまずお辞儀をし、眉を震わせて涙をこらえつつ、話しはじめた。

「わたしのことは憶えていらっしゃらないかもしれませんが、深作慧《ふかさくさと》と申します。現在は大日本帝国陸軍の伍長を務めております。スティーブンと名乗っていた四年前に、この収容所から脱出して、帝国陸軍に入隊しました。みなさんに吉報を持ってまいりました」

　ルースをふくめて多くの人々が驚いた。十四歳で失踪したときの深作少年は、身長五呎《フィート》に満たず、ぎすぎすに痩せていた。貧弱で野球ではいつも空振り三振するので、他の男の子たちからメンバーにいれてもらえなかった。

「外はどうなってるの？」女の一人が訊いた。

　深作は兵士としての立場を忘れて満面の笑みとなり、宣言した。

「われわれは勝ちました」

「勝ったって、なにに？」

「今朝、アメリカ政府が降伏しました。この国はもうアメリカ合衆国《USA》ではなく、日本合衆国《USJ》になりました。一部に抵抗勢力が残り、ロサンジェルスに立てこもっていますが、長くは続かないでしょう。なにしろ昨日のことがありますから」

「昨日なにがあったの？」

「天皇陛下は、アメリカに勝ち目なしと知らしめるために、秘密兵器を使用されたのです。みなさんにはバスを手配しています。まもなく到着して安全な場所へお送りできます。解放され、新しい住宅も提供されるのです。陛下からは、収容者に手厚い配慮をと、とくにお言葉がありました。各地の強制収容所には二十万人を超える人々が収容されています。しかし今後はこのＵＳＪの大地で新たな機会が開けます。天皇陛下よ、永遠に！」

深作は叫んだ。すると一世たちは反射的に唱和した。

「天皇陛下よ、永遠に！」

合衆国で生まれた二世たちはこのように唱和するものだと知らなかった。

深作は続いて日本語で叫んだ。

「てんのうへいか、ばんざーい！」

これは〝天皇陛下よ、永遠に〟とおなじ意味である。

今度は一世も二世も声をあわせた。

「ばんざーい！」

ルースも叫んだ。すると、体から湧いてくる畏敬の念を生まれて初めて感じて驚いた。

軍用トラックがむこうに停まった。深作は宣言した。

「この吉報のお祝いに、食料と酒をご用意しました」

ルースは目を瞠《みは》った。トラックの運転席から降りてきたのは、帝国陸軍の礼装軍服に身を包んだ女性将校である。青い瞳と黒い短髪から混血であることがわかる。深作は敬礼した。

「お待ちしていました、中尉」

女性中尉は軽く返礼すると、同情心にあふれた目で人々を見まわした。

「皇国に代わって、みなさんの犠牲とご苦労に敬意を表します」

深々と頭を下げ、しばらくそのままで誠意をあらわした。英語に訛りがないので二世らしい。女性将校の登場に驚いているのはルースだけではなかった。他の収容者たちも目を丸くしている。男性兵士が女性の上官に敬礼するところを初めて見たのである。ルースの目は彼女の新軍刀にむいた。あらゆる将校にとって身分証明書のようなものだ。

「わたしは芳田《よしだ》益代《ますよ》といいます。みなさんの多くとおなじくサンフランシスコで育ち、当時は英名でエリカ・ブレイクと名乗っていました。母は勇敢な日本人女性で、日本文化の重要さを教えてくれました。わたしは諜報活動をおこなったという偽りの嫌疑をかけられ、家族から引き離されて、みなさんとおなじく収容所にいれられました。しかし帝国陸軍に救助され、日本名と身分を新たにあたえられました。西洋人という誤った衣をきっぱりと捨てたのです。わたしたちはアメリカ人として受けいれられませんでした。望んだのがまちがいでした。わたしはいま大日本帝国陸軍の中尉です。みなさんは皇国の臣民であり、新しい身分があたえられます。めでたいことです！」

トラックの荷台から四人の兵士が酒樽を運び出してきた。

「杯を持ってきてください」

まもなくだれもが天皇を称えはじめた。かつてのスティーブン、いまの深作から戦争の経過を詳しく聞いた。年長者たちは芳田中尉を連れて収容所を案内した。エゼキエルは酒で赤くなった顔でルースに言った。

「俺たちも軍にはいろう」

「あなたがなんの役に立つかしら。腕立て伏せであたしに負けるくせに」ルースはからかった。

「力をつけるさ」

エゼキエルは力こぶをつくった。ルースはその二の腕の小さなふくらみをなでた。

「子ネズミくらいじゃないの。それより、あの二人の腰の拳銃を見た？　ニューナンブ一八式自動拳銃よ」

「銃なんて見てないよ」

「一八式は撃茎の発条《ばね》が弱かったのを大幅に強化してあるのよ。旧型の使用弾薬は八粍《ミリ》で——」

そのとき悲鳴が響き、人々はあたりを見まわした。ラス棟のほうから複数の泣き声が聞こえた。突然の出来事にルースははっとして、キミコを忘れていたと気づいた。

ラス棟は収容所で唯一の三階建てである。そこに兵士の住まいと特別尋問施設がある。赤煉瓦の大きな立方体の建物で、左右に翼棟がある。深夜にしばしば不気味な悲鳴が聞こえ、月光の角度と明るさによっては赤煉瓦が血の色に輝いて見える。この建物に近づくときはだれもが背中を丸めて小さくなった。

そのラス棟にはまだアメリカの国旗がひるがえっている。そこから十人以上の収容者が運び出されていた。みんな痩せ細り、血まみれで傷だらけである。

「どうしたんですか?」深作伍長が問うた。

褌《ふんどし》一丁で頭の半分の髪を引き抜かれた男が叫んだ。

「兄弟たちは殺され、俺は皇国に協力したと疑われた。そんなことはしてないのに!」

男は地面に唾棄《だき》しようとしたが、口が渇いていてなにも出なかった。頭皮は無残な傷だらけ。広がった鼻孔と見開いた目のせいでチンパンジーのようだ。怒りに震えながら叫んだ。「俺はアメリカ人なのに、犬以下の扱いをされた」

深作伍長はそれに答えた。

「天皇陛下はみなさん全員をお救いくださいます。そのためにアメリカ人に鉄槌を下されました」

ラス棟の玄関からキミコが出てきた。だれかを両腕で抱えている。ルースは息をのんだ。バーナードである。しかし両脚がない。包帯で巻かれた短いつけ根が残っている。キミコの顔は蒼白、目はショックで凍ったように動かない。バーナードに息があるか、ルースのところからはわからなかった。

「かわいそうなキミコ」ルースの隣のだれかが言った。「裕福な一家だったのに、なにもかも奪われて」

「金持ちほど悲惨さ」

人々は悲しげにうなずきあった。

「きみ……」深作伍長が声をかけた。

しかし続けるより早く、キミコが怒りをこめて問いただした。

「天皇はどうして彼を救ってくれなかったの？　どうして一日早く助けにきてくれなかったの？」

「ご不幸はお気の毒です。しかしご友人を殺害したのは陛下ではなく、アメリカ人であることに気づいてください。ここでみなさんに起きたことの百層倍の復讐を、陛下はしてくださいました」

「復讐なんてどうだっていいわ。彼は死んだのよ。死んじゃったのよ！」キミコは叫んだ。「天皇が本当に全能なら、もう一日早くあなたをよこさなかったのはどういうわけ？」

「落ち着いてください。怒りはわかりますが、陛下を侮辱することは許されません」

「天皇なんかくそくらえよ。あなたもくそくらえ。アメリカ人もくそくらえ」

「正常な心理状態ではないようなので、もう一度だけ警告します。天皇陛下への侮辱はやめなさい。さもないと――」

「さもないと、なに？　罰が下るの？　天皇にもあなたたちにもくそを食わせて――」

深作伍長はニューナンブ一八式自動拳銃を抜いて、キミコの頭に銃口をあて、発砲した。頭がはじけ、脳と血が地面にまき散らされた。ボーイフレンドの死体を抱き締めたまま、キミコはあおむけに倒れた。

「陛下への侮辱は何人《なんぴと》たりと許さない」

深作伍長は宣言した。拳銃をホルスターにおさめて、キミコの死体をよけて歩き、ふたたび収容者の安心と安全を説明しはじめた。

しかし人々は茫然として言葉を失っていた。エゼキエルは震えている。ルースは彼にしがみついて訊いた。

「これでもまだ兵士になりたいと思う？」

エゼキエルへの問いであると同時に、自分への問いでもあった。キミコの遺体を見て、涙をこらえた。そして両手を下腹にあてて、エゼキエルに言った。

「あなたは強くなって。お腹にいるベニコのために、強くなって」

サンノゼ南部
一九四八年七月二日
PM12:13

州間高速道路九十九号線にそってロサンジェルスへ南下する数百台のバスの一台に、ルースはエゼキエルと乗っていた。ルースは彼を見て、つきあいはじめた頃のことを思い出した。きっかけは政治と宗教をめぐる論争だった。議論は神と実存をめぐる長い非難合戦になり、やがてつかみ合いの喧嘩になった。それがいつのまにか恋愛関係になっていた。将来への危機感がおたがいをより強く引きつけたのかもしれない。

窓の外では煙が高く立ち昇り、まるで海と波を思わせた。のたうつ黒煙は破壊を記した毛筆の文字か。しかしこの空中の漢字も、多くの苦痛とおなじく無関心な背景に溶けこんでいる。地平線には陽炎《かげろう》がゆらめき、空と地面が溶けあおうとしている。

前の席でラジオを聴いている男が最新のニュースを大声で伝えていた。

「東海岸全域がドイツに降伏したらしいぞ。ロンメルはすでにマンハッタンにはいり、総統も一週間以内に到着する見込みだ。ラガーディア市長は降伏をこばんで拘束され、代理のだれかが降伏条件を受諾した」

「サンノゼはどうなってるの？」

「その話は出ないな」

ロサンジェルス市長のフレッチャー・ボウロンは、ラジオでアメリカ人に呼びかけていた。

『これは一時的な移行期間です。日本軍に抵抗しないように。危害は加えられません』

エゼキエルがルースに言った。

「叔父が無事だといいんだけどな。ロサンジェルスでそれなりに大きな縫製工場を経営してるんだ。俺たちが独立できるまでそこで働かせてもらえると思う」

「LAには一度だけ行ったことがあるわ。市電でどこへでも行けるのよね。あなた、創氏改名はどうするつもり？」

「なぜ改名しなくちゃいけないんだよ」

「昨夜の中尉の話にあったでしょう。みんな日本名をつけることになったのよ」

「俺はエゼキエル・ソンが気にいってるんだ」

「通名として英名は残していいのよ。それとはべつに正式名をつけるの」

「じゃあ、石村姓を名乗るよ」

「いいの？」

「おまえがよければ」

「かまわないけど。本当に？」

「ああ。おまえが姓を変えるつもりはないだろう？」

ルースはにっこりした。

「その必要はないわよね。あなたのファーストネームはどうする？」

「案があったら言ってよ」

「直樹《なおき》ってどう？」

「どういう意味なんだ？」

「素直に伸びる木ってこと」

「それはやめとく。おまえの名前はどうするんだよ」

「そっちの話がまだよ。たとえば……。バスが停まっちゃったわね」

外を見ると、長い渋滞の列に引っかかっていた。前方に大規模なキャンプがある。大型テントが建ち並び、多数の兵士や民間人が出入りしていた。まわりには軍用トラックや戦車や大きな気球がある。戦闘機の編隊が頭上を通過した。道路の渋滞はまったく動くようすがない。バスの運転手は無線で連絡を受けて、乗客に通告した。

「ここから南では戦闘が継続中なので、ここで一泊してもらいます。テントと簡易寝台があります」

ルースは脚を伸ばせるのでむしろうれしく思い、エゼキエルと連れだって真っ先にバスを降りた。テントを指さして言った。

「あそこまで競走よ」

「大丈夫か？」エゼキエルはルースのお腹を見た。

「運動は体にいいのよ」

ルースは先に走りだした。

バスから大勢の乗客が降りているせいで、あまり速く走れなかった。子ども連れや、苛立った大人や、なんの騒ぎかと困惑する見物人や、頭上を飛ぶ戦闘機におびえる人々などを、障害物としてよけていった。

「ほら、気球よ！」

ルースは大声でエゼキエルに言った。数百個の気球がキャンプのむこうで列をつくっている。しぼみかけたものや、もうすぐ上昇しそうなものがある。

「とてもきれい。なにしてるのかしら」

「俺の注意をそらそうとしてもだめだぞ！」

エゼキエルは大声で言って、ルースに追いつき、追い越した。

ルースがうしろになったのを見た数人の男たちが、陽気にエゼキエルをからかった。

「男が追いかけるもんだぞ！」

少年たちの集団がエゼキエルの行く手をはばんだ。おかげでルースはまた先頭に立てた。

「おまえら、敵前逃亡か！」少年の一人が冗談まじりに叫んだ。

ルースは先にテントにたどり着いた。とたんに、傷を手当てする異臭が鼻腔を襲った。近くでは太った男と小さな男の子が走りまわりながら叫んでいる。

「ゴリラ、ゴリラ、ゴリラ、ゴリラ、ゴリラ！」

エゼキエルが追いつき、奇妙な〝ゴリラ〟の連呼に不審そうな顔をした。

医者たちが負傷者を忙しく手当てしていた。手伝う兵士たちの姿は、ルースが見慣れた保守的な髪型や軍服姿とは異なる。髪は紫、オレンジ、緑などさまざまに染めている。髪型は頭頂が平らだったり棘《とげ》状に逆立っていたり、整えるのに手間暇かかりそうなものもある。日本人ばかりではなく、さまざまな人種の兵士がいて、負傷者の看護にあたっている。負傷者は何千人もいるようだ。テントのなかは薄暗く、瞳孔が順応するまでしばらくかかった。目が慣れるにしたがって恐ろしい光景が見えてきた。ルースとエゼキエルは無意識のうちにおたがいの手を探して握りあった。負傷者はアジア人ばかりではなく、むしろ白人、アフリカ系アメリカ人、ラテン系の人々が多かった。皮膚が剝がれた負傷者ばかりで、一見しただけでは人種を判別しにくい。露出した筋肉や、焼けただれた皮膚や、ゆがんだ手足があちこちにある。みんな煤《すす》だらけの灰人形のようで、さわると崩れてしまいそうだ。糞尿と嘔吐物と焦げたにおいが嫌悪感を呼び起こす。ある女は炭化した赤ん坊を抱き締めて離そうとしなかった。行方のわからない家族の名を叫ぶ者もいた。ある幼い少女は髪がほとんど焼けてなくなり、左の眼球は飛び出して、鼻があったあたりにぶら下がっていた。重い火傷《やけど》を負った人々は四千度の高熱で変形した蠟人形のようだ。バケツに錆びた鉄釘がたくさん放りこまれていて、なんだろうと見ると、赤錆ではなく血痕だった。横たわった三人の男は、体に板切れや鉄パイプが刺さったままだった。死体も兵士や民間人の手で運びこまれている。

「い……いったいなにがあったの？」ルースは訊いた。

「日本軍が新兵器を使ったんだ。サンノゼ市街は壊滅状態だ」患者の一人が答えた。

「サンノゼが？　どんなふうに？」

「わたしは市の郊外にいたんだが、爆発とキノコのような形の雲を見た」べつの患者が言った。

「キノコっていうより黒い煙の盆栽みたいだったな。どんどん大きくなるんだ。あんなの見たことねえ」

「ピカッと光って、あとはなにも見えなくなった」

「そうだ、閃光だ」

「直前はとても静かでな」

「なにもかも火に包まれて、地震みたいな揺れがいつまでも続いた。そのあと黒い雨が降ってきた」

「黒い雨だって?」エゼキエルが訊いた。

「油だと思ったわ」顔を火傷した女が言った。

「うちの犬は毛が抜け落ちて、顎の皮膚が溶けて歯がむきだしになっちまった」

「あたりは死体だらけで、黒い雨が一時間も降りつづいた」

「ジャップがつくった新型爆弾だろう」

「爆弾だけじゃないぜ!」叫んだのは、顔を煤で真っ黒にした男だ。左腕を失い、全身を包帯で巻かれている。「爆発の直前に、ビルより背が高くて、赤い目をした人影を見たんだ」

「頭がいかれちまったんだよ」だれかが言い、数人が同調した。

「俺は正気だ！　爆発の直前にそれを見て、なにか悪いことが起こるって思ったんだ」

「気がへんになったんだよ、バカ。そんなデカい人間がいるわけない」

「いや、俺も見たぞ」べつの患者が言った。「歩くと地響きがした。空にむかって火を吐くところも見た」

「正体はなんだ？」

「日本の天皇は霊力を持ってるって話じゃないか。今度のことは全部それだよ。霊力でサンノゼを壊滅させたんだ。そんなのと戦争して勝てるわけなかったんだ」

「ジャップは警告してたぜ。サンノゼ、サウサリート、サクラメントの住民は退避せよ、さもないと天皇が天から火の雨を降らせるって。俺たちは大ぼらだと思って笑い飛ばしてたけど」

「わたしたちの神はなぜ守ってくれなかったんだ？」

その問いにはだれも答えられない。沈黙がまわりじゅうから聞こえる苦痛の泣き声を強調し、居心地悪くなった。

ルースは震えだし、エゼキエルが腕をまわしてその肩をなでた。

そこへ医者がやってきて叱った。

「きみたちはここでなにをしてるんだ！　二人とも出ていきなさい」

ルースとエゼキエルは看護婦に連れていかれた。テントの外へ出たルースは、首にかけた十字架に手をやった。

「天皇は神だと聞いたわ。だからこんなことができるの？　でないと説明できない」

鉤十字の腕章をつけた金髪の男女八人が、日本人将校と話しながらやってきた。カメラで負傷者のようすを記録し、ドイツ語で質問している。言葉は二人には理解できなかった。声高に根掘り葉掘り訊くようすに興奮があらわれている。

「わからない」エゼキエルはルースの問いに答えた。

巨神が歩いて都市を破壊したという話に二人ともおびえていた。エゼキエルは弱々しく提案した。

「バスにもどろう」

ロサンジェルス
一九四八年七月四日
AM10:23

日本軍の旭日旗が描かれた戦車がロサンジェルス市街を進んでいた。見上げれば数百機の爆撃機がイナゴの大群のように空をおおっている。それを率いるのは満州飛行機製キ98高高度戦闘機の編隊である。市街は黒煙と爆発と死体だらけで、人々が失った家族の名を呼んで泣いている。ビルは燃え、家屋は崩れ落ち、通りは瓦礫《がれき》でふさがっている。都市の輪郭は闘争の赤と、絶望の灰色と、それらが吹き払われた空色がまじりあっている。気温は高いが、微風が不快感をやわらげる。動物の姿は野良犬と、巣を守るために忙しく働く蟻の群れだけ。銃声が散発的に響き、戦闘機のエンジン音がつねに轟く。一方でアメリカ軍が反撃する音は聞こえない。その沈黙が圧倒的で、信じがたい思いを呼び起こす。アメリカは本当に負けたのか？

エゼキエルとルースは、市街を行進する日本兵の大隊を茫然と眺めた。一糸乱れぬ動きの彼らは、ほとんどがまだ十代の少年らしく、ライフルを固く握りしめている。規律ある動作に誇らしさがあふれている。軍靴は一つになって勝利の足音を刻む。日本軍の勝利を祝うこの軍事パレードを、二人は数千人の元収容者たちとともに貴賓席から眺めていた。頭上には、〝アジア人の同胞を解放せり。世界を欧米支配から自由化せり〟と大書された看板がある。

アメリカ人捕虜数千人がパレードのなかで連行されていた。全員が鎖につながれ、野次と侮蔑を浴びせられている。エゼキエルは隣を見て、ルースがすでに十字架のネックレスをはずしているのに気づいた。

前日は叔父の工場に行って愕然とした。大きな建物があったところに爆発のクレーターができて、残っているのは焦げた鉄骨だけだった。廃墟のそばに年老いた中国人がすわって、ぶつぶつと独り言をつぶやいていた。頭の両側に白髪がわずかに残り、しかめ面で首の皮膚がひきつれ、嘆くたびに深い皺が動く。

「ここでなにが起きたんだい？」

老人は顔を上げてエゼキエルを見た。

「日本の爆撃機がこのへんの工場を全部壊したのさ」

「ヘンリー・ソンの消息はわかる？」

老人は警戒の目つきになった。

「なぜそんなことを訊く？　おまえさん、だれだ？」

「ヘンリーの甥だ」

老人はエゼキエルの顔をじっと見た。

「ヘンリーは数少ない生き残りの一人だ。あとはみんな焼死したか射殺された」

「射殺って、どんな理由で？」ルースは訊いた。

「抵抗したからさ」

「あんたはこの工場で働いてたのかい？」エゼキエルは訊いた。

老人は首を振った。

「女房がな」

「いっしょに来る？」

「行くあてなんかねえよ」

「でも――」

「うせろ！」老人は吐き捨て、独り言を再開した。

そこを去りながら、エゼキエルはルースに言った。

「ここから叔父の家まではほんの数哩《マイル》だ」

見えてくる建物はどれも大なり小なり被害を受けていた。通りぞいの家々がすべて焼け落ち、住宅街だった名残はくすぶる余燼《よじん》しかない場所もあった。大通りの両側からは黒煙が何本も立ち昇り、まるで柱廊のようだ。道路は瓦礫で埋まり、ビルは壁が崩れて室内がむきだしになっている。かつて市内を走りまわっていた自動車はどこにもない。アメリカ人はだれもが茫然として、表情がうつろで、まるで幽霊が服を着て歩いているようだ。ルースとエゼキエルとすれちがっても無反応。赤い太陽神の幻影に精神を壊されたらしい。ある金髪の女が男の絵を描いた紙を持って近づいてきた。女は裸足で、シャツは破れ、首と肩はスカーフを巻いたように血まみれだ。女は二人に訊いた。

「あたしの夫を見なかった？」

エゼキエルとルースは絵を見たが、スケッチは雑すぎてだれともわからなかった。

「ごめんなさい」ルースは慰めようと手を伸ばした。

「さわらないで！」女は突然叫んだ。凶暴な表情で前かがみになり、爪を立てるように指を曲げてかまえる。「近づくな！」

その目は遠くを見ていた。エゼキエルもルースもわからない過去の恐怖に記憶を支配されているらしい。

二人は瓦礫のあいだを一哩《マイル》ほど進み、検問所に出た。日本兵の一隊が通りを封鎖している。二台の戦車が左右に並び、意外に太った犬が二、三十匹うろついている。一人の中尉がエゼキエルにむかって軍刀を抜き、日本語でなにか怒鳴った。肌は黒ずみ、数日分の無精髭をはやし、軍服の袖には乾いた血のしみが点々とついている。エゼキエルは答えた。

「日本語は話せないけど、俺たちは――」

中尉は軍刀をエゼキエルの首すじにあて、返答しだいでは斬るという構えをとった。

しかしそこに大尉が出てきて制止した。

「やめるんだ」

「切り落とすつもりでした」中尉は訛りの強い英語で言った。

大尉は皮肉を無視して、若い二人を見た。

「見れば彼女は日本人だとわかるだろう。ここでなにをしているんだ、きみたちは?」

「明日の式典のために来ました」ルースは自分たちがどこから来たかを説明し、強制収容所から解放されたことをしめす押印入りの証明書を提示した。「彼の叔父さんに会いにいくところです」

「その叔父さんはどこにいるんだ?」

「この数ブロック先です」

「では会って、用がすんだらここにもどってきなさい。護衛付きで送ってあげよう」

「この先は安全ではないんですか？」

　中尉が高笑いとともに軍刀を振り上げた。

「アメリカ人は血を流し、敗北した。もはや虎にまとわりつく蠅のごとしだ。恐るるにたらず」

　エゼキエルとルースは将校たちにお辞儀し、感謝した。しかし頭を下げたときに、切断された頭が四十個以上も積まれているのがエゼキエルの目にはいった。首から下は見あたらない。抜刀した中尉の無慈悲な目にエゼキエルは動揺した。貪欲な視線が自分の首に注がれている気がした。

　二人は急ぎ足で検問所を通った。

「ロサンジェルスがこんなふうになっちまったなんて」エゼキエルは瓦礫を見まわした。

「でも、すくなくともベニコは引けめを感じて育たなくていいはずよ。東洋人の娘だからって」

「そうかな」

「東洋人に対するアメリカ人の扱いはひどかったじゃない。収容所にいれられるまえから、日本人《ニップ》とか中国人《チンク》とか呼んで、商店を略奪したり、いじめたり。彼らは中国人と日本人とベトナム人と韓国人の顔を区別できないのよ」

「でもアメリカはある種の理想を持ってる。人種や経歴を超えた夢を」

「いざとなったらすぐ忘れる程度のものよ」

「それでもそれにむかって努力してる」

「アメリカが戦争に勝てばよかったっていうの？　収容所にもどりたいの？」

エゼキエルははっきり答えられなかった。

「ベニコがましな暮らしをできればそれでいい」

「できるわよ」ルースは断言した。

「女の子だって信じて疑わないのか？」

「勘でわかるの」

「もし男の子だったらべつの名前に変えるのか？」

「ベニコでいいじゃない」

「男の子だったら西洋名がいいと思ってたんだけどな。エマニュエルとか」

「じゃあ、ベンにしたら？」

エゼキエルは笑った。

二十分歩いて、叔父の家に着いた。芝生は何ヵ月も手入れしていないようすで、薬莢《やっきょう》がたくさん散らばっていた。

ヘンリー・ソンは甥が来たのを見て眉をひそめ、不機嫌そうに言った。

「なにしに来た？」

エゼキエルは叔父が生きているのを見てうれしかったが、冷淡な態度に驚いた。

「力になってもらおうと思って来たんだ」

「力になりたくともなにもできん。工場は日本軍に壊された。この家も何日もしないうちに接収される」

「工場は見てきたよ。残念だね」

「検問所をどうやって通ってきた？」

「ルースといっしょだったから」

ヘンリーは眉をひそめた。

「日系人の収容所にはいって、日系人と結婚したのか？」

「結婚する暇なんかなかったよ。そのうちそうするつもりだけど」

「賢いな。将来の心配がいらん」

憎悪と嫌悪を言葉の端々にあらわして、ルースのほうを見た。

「あたしはアメリカ人でした」

「日本人さ」

「まえの大戦では家族はアメリカ兵として戦いました」ルースは怒りをこめて話した。

「二人の叔父はこの国のためにドイツで戦死しました。あたしはここで生まれ、日本には行ったことがありません。それでも問答無用で強制収容所へ送られたんです」

「ジャップが捕虜をどう扱うか知ってるかい？　切り刻んで犬に食わせるんだ。ドッグフードより安いからな」

ラジオから、日本軍の提督がアメリカ人へ呼びかける放送がはじまった。自分たちの任務は平和の維持であり、マンザナーなどの強制収容所で拘束、処刑されている日本人同胞を解放することであるという。

『彼らの自由と安全を確認したら撤退する方針です』通訳の英語は流暢で、日本語の訛りがほとんどなかった。

叔父は不快げに鼻を鳴らした。

「さっさと撤退すればよかったと思わせてやる」

「叔父さん……」エゼキエルは言いかけた。

「ここから東の地域で俺の親友七人が拘束されてな。自分たちの墓穴を掘らされ、掘り終わったらその場で射殺された。生き延びた一人は、死んだふりをして死体のあいだに二晩隠れていたんだ。合計千人がそうやって至近距離から撃ち殺された」

「怒りはわかるけど――」エゼキエルは叔父をなだめようとした。

「この怒りがおまえにわかるか！　大切な仲間をみんな殺されたんだぞ」

「だれでもだれかを失ってるよ。でも戦争が終わってアメリカが負けたという事実に変わりはないんだ」

「戦争ははじまったばかりさ。黙って死を受けいれるつもりはない」険悪な目をルースにむけて、「この殺戮者といっしょに生きるがいい。おまえなんか家族じゃない」

叔父は家のなかに消えた。

このやりとりが頭にあったせいで、エゼキエルは軍事パレードでアメリカ人捕虜の列を見たときに悄然とした。捕虜たちの人種はさまざまでも、屈辱は共通していた。その目には悔しさも反抗心もなく、あきらめだけがあった。

パレードはまだ四分の一だったが、エゼキエルはルースの手を強く握った。

「どうしたの？」

「これからどうやって生きていこうか。叔父が助けてくれると思ったのに」

「そのうち生活手段はみつかるわよ」

「叔父が皇国について言ってたことをどう思う？」

爆撃機の編隊がまた通過していった。兵士たちの行進は切れめなく続く。みんな自慢げだ。それもそうだろう。無敵の勢いだったアメリカ軍を倒したのである。彼らがヨーロッパ戦線にかまけているあいだに、意表をついてハワイ、アラスカ、カリフォルニアを陥落させた。

「時間が解決するわ。凶暴な殺し屋だって、平和が続けばきっと変わる」

「どんなふうに？」エゼキエルは訊いた。

ロサンジェルス市庁舎からアメリカの国旗が降ろされ、日本の旭日旗が掲揚された。赤と白と青の星条旗は燃えて融けて、日の丸に変わった。おりしも七月四日。記念日を祝うために用意された花火は、ロサンジェルス陥落の祝賀に使われた。敗北をしるす光の乱舞が空を彩った。赤い光芒《こうぼう》は血のように空を染め、絶望を輝かせ、暗い未来を暗示した。アメリカ人は集団をつくって反抗と反撃を計画した。真の戦いは偽りの降伏のあとにはじまると信じていた。しかし日本はそれを予期し、抵抗運動への備えをしていた。

四十年後

ロサンジェルス
一九八八年六月三〇日
AM12:09

石村紅功《べにこ》が死を考えない日はなかった。死が一杯のカクテルなら、それは苦く、かすかにライムの香りがするはずだ。一口ごとに忘却に落ちていくだろう。そんなベンにとって、今夜のカクテルは少々甘すぎた。デート相手の金古《かねこ》ティファニーが甘い飲み物を好むからだ。彼女は人目を惹く赤毛で、頬にそばかすがある。緑の瞳と薄い唇が扇情的だ。初めて目があったときもそうだった。今夜はピンクのチャイナドレス。伝統的な中国服を好むのは、アイルランド系の血統にわずかにアジアの血がまじった彼女の出自が強調されるからだ。ベンは、中国人とのハーフの父親と日本人の母親のあいだに生まれたが、顔つきは純粋な日本人に見える。そのときどきの主流のファッションをとりいれ、東京発のトレンドに自分のイメージをあわせていた。この部屋にいる将校たちとおなじく、長い髪に髪油をつけてオールバックにし、大日本帝国陸軍の茶色の軍服を着ている。階級章は大尉。朱色の襟は丸くふくらんだ頬にぶつかり、本人が認めたがらない腹の肉はだいぶ迫り出している。食欲と重力を相手に猛烈交戦中である証拠だ。カクテルの四角い氷を口にいれて、舌が冷たさで痺《しび》れるのを楽しんでいた。

中国発のこのサーカスに誘ったのはティファニーである。広報科の友人を通じて、軍の将校しかはいれないこの催しを聞きつけたらしい。彼女自身は〝異形見世物《フリークショー》〟と呼んだ。奇怪さの宝庫、生まれながらに逸脱した者たちの集団である。たとえばいま舞台中央に立っているのは、見たこともないほど長い顎鬚《あごひげ》を持つ女だ。その鬚を投げ縄のように振りまわし、奇術を披露する。相方は痩せた男で、彼女の鬚の動きにあわせて、細い体を幾何学的な形にねじ曲げる。

「こういう奇妙さにきみの関心が刺激されるのはどうしてだい？」ベンはティファニーに訊いた。

「奇妙かどうかは偶然でありランダムよ。もしも女がみな顔に鬚をはやしている世界だったら、わたしはとても奇妙な女のはずね」

「奇妙だけど、美しいよ」

「美はありふれてるわ。お金を払ってまで見たくない」

「エレガントで颯爽《さつそう》として、興味をそそって刺激的、というほうがいい？」

「すこしはましね。もしあなたが世界でただ一人の鬚なし男だったら、サーカスにいれて見物料をとるわ。宣伝文句なしで」

「見物料はいくら？」

「百圓《えん》ね」

「それだけ？」

「がっかりした？」

「せめて一回千圓はとってほしいな」

「そこまで欲張れないわ」

ティファニーはからかうように指先でベンの腕を押した。

そこは円形のホールで、テーブルは階級別に配置されている。晩餐は刺身もステーキも出るメニューである。米は京都の達人が特別に炊きあげ、玉子はちょうど半熟に茹でられている。将校たちは多くが煙草《たばこ》を吹かしている。室内の照明は控えめで、舞台だけが極彩色の光線で照らされていた。煙草と刺身とウィスキーと香水の香りに包まれた至福の時間。ティファニーはベンの手を取って訊いた。

「今夜は楽しい？」

「とても楽しいよ」ベンはささやき声で答えた。「僕はそろそろ少佐になっていいはずなんだけどね。バークレー陸軍士官学校演習研究科《BEMAG》卒の同期はみんなもう大佐だよ」

「検閲局勤務の大尉だって悪くないわ。楽な仕事だし、わたしと会う時間もたっぷりあるでしょう。でもたしかに、そろそろ石村少佐になっていい頃かもね」

「なっても仕事の中身はおなじ。給与が少し上がるだけだけどね」

「駐車場の位置が近くなるわよ」

ベンは笑った。

「そうしたらもっと車で通勤するようになるかも」グラスを揺らして氷が縁にそって回転するのを眺めた。「こんなに長くかかるとはね」

「時間はかかっても、好きなことをできてるでしょう」

「ありがたいと思ってるよ。同期の連中からまるでスキャンダルのように言われてるんだ。〝石村、三十九歳でまだ大尉だって？　そんな年くった大尉はＵＳＪでおまえだけだぞ〟ってね」

「注目されるのは嫌い？」

「そういう注目はうれしくないわ」

「あなたはいつまでも籠のなかの鳥でいられる性格じゃないわ」

「だれがいっしょに籠のなかにいてくれるかによりけりだよ」

舞台の顎鬚の女は、鬚をなくしたらどんな顔だろうとベンは想像した。榛《はしばみ》色の瞳は気まぐれで感情的だ。ニューデリーから北平《ほくへい》からバンコクまで、世界じゅうの帝国陸軍将校と火遊びをしているのではないか。紫煙で嗅覚を適度に刺激されながら、将校たちは困惑とともに彼女の毛むくじゃらの顔に見入っている。女が舞台袖に引っこむと、次は剣舞だった。剣士は中国の有名な武将、曹操《そうそう》の末裔であると名乗った。五本の幅広の剣でジャグリングをはじめ、その一本を高く放り上げた。それはまっすぐ落ちてきて剣士の喉から腹まで串刺しにし、血が飛び散った。一部の将校と同伴者が驚愕して声をあげた。剣士が誤って自分に剣を刺したと思ったのである。ところが剣士は流れた血を一顧だにせず、陽気に踊りつづけた。じつは赤いのはイチゴジャムだった。剣を引き抜いた剣士は、次に観客の手伝いを求めた。

「どなたかわたしの首を切り落としてください」

ティファニーがすぐさま手を挙げた。ベンが制止しようとしたところへ、顔に白粉《おしろい》を塗った日本人の女給がやってきた。

「石村さん、お邪魔して申しわけありませんが、お電話です」

「ショーが終わるまで電話はお断りだ」ベンは女給を追い払おうとした。

「お客さま、大変失礼ですが、先方がどうしてもとおっしゃるので」

ベンはティファニーを見た。

「本当に彼の首を切り落とすのかい？」

「ちゃんと見ててよ」

「そういうのは気持ち悪いんだ」

「ただの奇術よ」

「すぐもどる」

「それまでに終わっちゃうわ」

「あとで話を聞かせて」

「行くんだったら、話もしてあげないわよ」

ベンはティファニーの頬にキスすると、女給のあとについていった。何人かの高級将校に会釈し、妾連《めかけ》れの将校には気がつかないふりをした。演芸場を出ると、四角い電卓をポケットから取り出し、フラップを開いて見慣れた三角形にした。電卓は、卓上型から携帯型に進化した電子計算機のことであるが、戦後数十年のうちに電話機能、ディスプレー、機界（あらゆる情報が保管されているデジタル空間）にアクセスできる電子インターフェースなどをそなえるようになっていた。三角形のガラス製モニターはプロセッサに接続していて、触覚操作できる。銀縁のデザインに高級感がある。

「先方につないでくれ」

ベンは女給に言った。しかし待ってもつながらない。

「どうなってるんだ？」

女給の顔は厚塗りの白粉と鮮やかな紅のせいで表情が読み取れない。塗料を重ねた無味無臭の仮面のようで、その奥から無表情な視線がこちらを見ている。

「こちらへどうぞ」

「どこへ行くんだ？」

「個室です」

「電話を受けるだけじゃないのか」ベンは反発した。

「わたしからお話がございます」

「なにについてだ？」

「個室でお話ししたいと思います」

「ここで話せばいい」

「個室のほうがいいと、あとでよくわかるはずです」

演芸場の壁は赤と濃紺で塗りなおされ、豊かな色合いが退廃的な贅沢さをかもしだしていた。廊下の角ごとに日本合衆国《USJ》の英雄的軍人たちの像が飾られている。彫刻として彼らの武勇を寓話化している。ある銘板には安堂大佐の死について書かれていた。彼はサンディエゴ紛争で抵抗勢力と戦っているときに腸チフスにかかり、いっそアメリカ人にも感染させてやろうと、彼らの水源地に跳びこんで溺死したのだ。岡田軍曹は悪い料理人で、毒入りの栗の実を千個つくって千人のアメリカ人を殺した。高橋中尉は敵空母の艦橋に乗機ごと突っこみ、難攻不落だった洋上基地を沈めた。いずれも名誉の戦死である。存命の将兵の像がつくられることは普通はない。

ベンが招きいれられたのは鳥籠が何百個もおかれた大きな部屋であった。籠のなかの鳥は騒々しく鳴いている。敵意に満ちた鳴き声がやかましい。狭い空間と乾いた空気とまずい餌に抗議している。出番にそなえて緊張してさえずっている鳥もいる。その歌声で人間たちを驚かせ、万雷の拍手を浴びるつもりなのだ。

「なぜこんなところに？」ベンは訊いた。

女給はするりと着物を脱ぎ捨てた。桃色の素肌と紙のように白い顔の対比が不気味だ。

「どういうつもりだ？」ベンはきつい口調で訊いた。

女給の乳房はテープで貼りつけたものだった。本当の胸は平らで、下着の股間がふくらんでいることから、じつは男だとわかった。
「申しわけないが、連れがいるんだ。だからただのストリップショーなら――」
男は腹の皮膚を一枚めくった。ベンはぎょっとしたが、すぐに、なめし革のような皮
に小さな電子回路があって、骨と肉につながっているのを見てとった。女給は着物から
ケーブルを抜いて、腹のなかの回路に挿した。めくった皮膚は偽物だが、配線には乾い
た血と脂肪がこびりついている。腹のなかに電話機を埋めこんでいるのだ。こういう秘
密の連絡係の噂は聞いたことがあった。電話は体内の生化学系で動く。電源は心臓を拍
動させる電気パルスから取り、無線コネクタ類は臓器と一体化している。しかしそんな
〝肉電話〟を実際に見るのは初めてだ。使用には大金がかかるはずで、そこまでして重
要な連絡を自分にしたがる相手など心あたりがない。この通話は追跡不能で、金属探知
機にも引っかからない。連絡係はただの中継点であり、万一捕縛されてもいいように自
身は情報を保持しない。二大秘密警察である憲兵と特高から察知されない唯一の連絡手
段がこれである。
「お電話です。お手もとの電卓にどうぞ」男は白塗りの顔で言った。
ベンはうながされるままに電卓にケーブルを挿した。こんな手のこんだ方法で自分と

話したがるのはいったいだれか。マイクをつないで耳にかけた。

「知っていたのか？」声が訊いてきた。

「なんの話ですか？　どなたですか？」ベンは尋ねた。

「知っていたのか？」声はくりかえす。

「なんのことかわかりませんが」

「クレアのことを知っていたのか？」

「どちらのクレアでしょうか？」

「クレアは死んだ」相手はかまわず言った。

声に聞き覚えがあると思って、ベンはかまをかけてみた。

「将軍ですか？」

「クレアは死んだ」声はくりかえしたが、今度は控えめな嘆きがまじっていた。

「クレアが死んだとは、どういう意味ですか？」

「あの子を死に追いやった呪われたやつらを、幾千にも切り刻み、幾百の地獄で焼いて、モルモットの餌にしてやる」

「将軍、あなたですか？」そう訊いたが、バリトンのよく響く声からまちがいなさそうだ。

「あの子はなにも知らなかった。儂《わし》の過ちのせいであの子は死んだ」

「僕にできることがありますか？」

電話の声は不快げに鼻を鳴らした。

「きみにはなにもできん、石村」

「ではなぜお電話を？」

「なぜなら、あの子はきみを信頼していたからだ。そして、儂がいまいる場所ではあの子の葬式をしてやれん。そこで、かわりに葬式を挙げてやってくれ。神道式ではないぞ。アメリカ式、キリスト教式だ。あの子が望んだとおりに」

「亡くなったのは本当ですか？」

長い沈黙があった。

「将軍？」

電話が切れたのかと思ってベンは呼んだ。通話は続いており、将軍は言った。

「二人の身内を守ってやれなかったことは慚愧《ざんき》の念に堪えない。頼むぞ」

「もちろんです。場所は――」

電話は切れた。連絡係はベンの電卓からケーブルを抜いて、腹の皮を閉じ、着物を着はじめた。籠の鳥はあいかわらず騒々しく鳴いている。連絡係は警告した。

「この電話の内容をあなたが今夜だれかに漏らしたら、あなたを殺害するように命じられています」

「明日なら話してもいいのか？」

連絡係は無視して去っていった。

ベンはまだ訊きたいことがあったので追いかけようとした。しかし廊下に出るとその姿はもうなかった。すぐに中央電話局にかけて問いあわせたかったが、意志の力で思いとどまり、まずトイレにはいって顔を洗った。クレアとはもう何年も会っていない。あまり楽しい別れ方ではなかった。気持ちが落ち着いたところでトイレを出て、電卓から電話局にかけた。

「ご用でしょうか？」オペレータが答えた。

「六浦賀《むつらが》クレアの死について情報がほしい」

「すぐにお調べします、石村さん。今日のご機嫌はいかがですか？」

「愉快にやっているよ。きみはいかがかな」

「天皇陛下のお役に立てる毎日は光栄です」オペレータは爽やかに答えた。「六浦賀クレアの死亡情報ですが、とくにございません。ロサンジェルスには同名で存命の方が五人いらっしゃいます。特定可能な情報をお持ちですか？」

「六浦賀計衛《かずひろ》将軍のご息女だ」

「彼女の住所と就業記録はありますが、訃報や死亡告知はありません」

「つい最近だとしたら？」

「この情報は一時間ごとに更新されています。そこでみつかりませんので」

「では本人に電話をつないでもらえるかな」

「本件は軍の任務で——」

「そうだ」ベンは苛立ってさえぎった。

「では、保全許可コードをおうかがい——」

「もういい」ベンは断った。すこし考えて続けた。「彼女の父親がいまどこにいるかわかるか？」

「六浦賀将軍の所在はただいま不明です」

「ありがとう」ベンは電話を切った。

クレアのことを考えていたら、酒を飲みたくなった。急いでティファニーのいる席へもどった。剣士の出番は終わり、かわりに八人の小柄な芸人がパンダといっしょに曲芸をやっていた。一人の女が全身に火をつけ、黒い木炭画のようになった。こすれた関節や、血液が詰まって破裂した配管のような静脈が白く浮き上がっている。ベンは酒を一息に飲み干した。

「なにしてたの？　三十分もいなくなって」

「女給が僕とセックスしたがったんだ」

ベンは嘘をついた。ばかげた話のほうが逆に信じやすいだろうと思った。

「してやった？」

「まさか。本気で言ってるのかい？」

「本気よ。わたしはかまわない。むしろうれしいわ」

「うれしい？」

「恋人の目と鼻の先で寝取ろうなんて、大胆だわ」

「むしろばかげてる」

「それで、今夜はあなたの部屋まで行かないのね」

「そうだ。僕は深夜に職場の儀式がある。そのあとはどうしようかな」

「あなたはべつの相手をみつけてちょうだい」

「きみはべつのだれかと約束が？」

「いけない？」

「かまわないさ」

ティファニーはベンの腕に手をかけた。

「なにか気になることがあるの？」

「幽霊が出た」

舞台の上で男が溺れる芸をしていた。息ができず、酸素を求めて苦しむ。ぎりぎりのところで助けられた。ベンはわがことのように感じた。

AM2:12

サンタモニカ検閲局の職員一同は、恒例の儀式のため深夜に集まった。休日明けに予定されている昇進を祝う酒宴である。場所は料亭〈函館〉で、風味豊かな牡蠣《かき》と鮑《あわび》で知られている。一階から三階までは一般客用だが、最上階とその下の二フロアは宴会専用の貸し切りになっている。広間は畳敷きで靴を脱いで上がる。六十人用の長卓でベンが自分の席を探していると、廣田中将の副官の一人に呼び止められた。

「すこしお話が」

隣の別室へ移動すると、髪を赤く染めた中尉の副官は低頭した。

「すみません。石村さんは今回、大尉のままとなりました」

ベンは言われたことがすぐに理解できなかった。

「どういうことだ。昇進は決まってるはずじゃなかったのか」

「詳しいことはわかりません。どうかご理解ください」

「僕はだれかを怒らせたのか？　気づかないうちに法令違反でもしたのか？」

「あらためて、すみません。自分はお知らせするだけです」

　ベンは横をむいた。

「それじゃあ……僕は帰るよ」

「酒席には出ていただくようお願いします」

「なぜだ。昇進しないのに」

「来たのに帰られては、あなたの面目にかかわります」

「席に出るほうが面目を失うよ」ベンは声を荒らげた。

「お静かに」中尉は言った。紙の襖《ふすま》で仕切られているだけなのである。「通知を聞いて帰られては、検閲局も困ります」

　ベンは震えそうな両手をなんとか抑えた。中尉の無表情がよけいに腹立たしい。

「選択の余地はなさそうだな」

　中尉の案内で広間にもどり、長卓の下座にすわった。昇進した同僚たちはみな中将のそばの席で、ベンは反対の端。席順は階級で決まっており、ベンはもっとも下位ということになる。両隣は新卒の若い准尉二人で、上官にいちいちお辞儀と挨拶をしていた。

　しかし隣にすわったベンのことは無視している。

ベンは、畳にすわるのは尻が痛くなるので嫌いだった。まもなくサンタモニカ検閲局の局長、廣田中将が入室し、全員起立してお辞儀した。

「本日は佳き日である」中将は宣言して、昇進予定者たちを見まわし、手を振って着座させた。「この世には神聖にして侵すべからざる縁《えにし》が二つある。陛下とわれわれ臣民の縁、そして親子の縁である。諸君は陛下の忠士として立派な仕事をした」

一同は杯を次々と傾け、やがてアセトアルデヒドの効果で顔が赤くなった。

昇進する二十三人には恩賜の短刀が下された。彼らはそれで手を少し切って、血の滴を杯に落とし、そこに最高級の特定名称酒を注いだ。いわゆる固めの血酒《ちざけ》である。血漿と発酵した米の成分を混ぜあわせる。眠気をもよおす唄と舞いが男女の芸者によって披露された。日本の対米戦勝と、皇国が膨大な犠牲を払って共和制による圧制と混乱から世界を救うさまが演じられた。女芸者の唄の大意は次のようなものだ。「われらは黄禍《こうか》と呼ばれる／肌は黄色でないのに／ポーツマス条約では損をした／日露戦争で命を賭したのに」などと続く。その高い声音は、ベンの酩酊した頭と自尊心を逆なでした。絶妙な味わいの牡蠣も彼の落胆を癒せなかった。

やがて昇進予定者は別室に移動して、さらに内々の儀式をはじめた。そこでは派手な飲み食いと神道の祝詞《のりと》がおこなわれ、翌朝の出勤時間まで眠ることは許されない。休暇の週とはいえ、日本合衆国における帝国戦勝記念日の七月四日までお祝いが続くのだから、疲労がたまるはずだ。ベンは十年前に昇進したときの経験でよく知っている。

「彼ら少壮の将校は前途有望である」

廣田中将は美辞麗句を連ねて彼らを賛美した。普段は謹厳実直な軍人であり、鷹のように鋭い眉で下級将校を震え上がらせているが、今夜だけは好々爺を演じている。

「彼らを祝して、乾杯！」

「かんぱーい！」

全員が唱和し、杯の酒を飲み干した。

ベンの杯は空だったし、そもそも乾杯したくなかった。腕時計ばかり見ていた。

「もう一杯！」

中将は率先して杯を掲げた。給仕と女給が酒を注いでまわった。今度はベンも乾杯をこばめない。

「諸君によって若年世代が鼓舞され、陛下にお仕えする忠勇の士が輩出されんことを」

「乾杯！」

六回も乾杯すると、中将は厳格な態度をやめて高歌放吟しはじめた。そして副官と芸者にささえられて席を立った。全員が起立低頭して、広間を出る中将をその姿勢で見送った。宴会は終わった。

ベンは尻をさすり、痺れた筋肉と骨をいたわった。飲みすぎて店内をろくに見ず、それどころか周囲のようすさえわからずに、千鳥足で外に出た。通りでタクシーを探しているつもりだったが、気がつくといつのまにか飲み屋のカウンター席にすわっていた。水槽では不気味に光る放射能魚が泳いでいる。

「旧オレゴン州や北カリフォルニアの沖で獲れた特別な品種なんですよ」

女が言った。髪は紫で、面長の顔のあちこちに宝石をつけている。

「きみはだれだい？」

「儀式の演者の一人です」

「見覚えがないな」

「かつらをはずして化粧を落としたからでしょう。あたしは石原莞爾《かんじ》を演じました」

「満州の解放者と飲めるのは光栄だが、僕はなぜここにいるんだ？」

「通りで前後不覚になってたんですよ」

記憶がない。

「普段は酒に飲まれたりしないんだけどな」水をもらって飲んだ。「介抱してくれてありがとう。タクシーをつかまえてくれたら、いっそう感謝するよ」

女はベンの手をとった。

「あなた、おいくつ？」

「もうすぐ四十さ」

「四十歳にしてはお若い顔」

「きみはいくつだい？」

「あててみて」

「酔ってて頭が働かないよ。失礼なことを言いたくないし」

「失礼って？」

「今日は奇妙な一日でね。社交辞令を言う気分じゃないんだ」

「あたしは毎日が奇妙よ。大丈夫。そのお年ならなにをおっしゃっても失礼にはあたらないから」

そう言われるとややむっとし、酔いもさめた。

「それほど老人じゃないよ」

「タクシーをつかまえましょう」

女にささえられて外へ出た。タクシーは見あたらない。ネオンサインの影の藍色の闇に一般車ばかりが嗜虐《しぎゃく》的なほど淡々と流れていく。電気自動車ばかりなのでエンジン音はなく、静かだ。島国の習慣にあわせて車両は左側通行である。

「その鼻ピアスは痛くないのかい?」ベンは訊いた。

「つけてるほうが安心するの。ないと裸みたいで」

「芸者のときははずしてたじゃないか」

「化粧で別人になってるから。あなたって意外におしゃべりね」

「相手が他人のときだけだ」

「おしゃべりな男の人って嫌い」

「どうして?」

「どうしても」

「怒ったようだね」

女は首を振った。

「無口な性格ならよかったのに」

「なぜ?」

女は肩をすくめた。

「年輩の殿方ってたいてい退屈よ」

「申しわけないね。とくに今夜は」ベンは儀式を思い出し、それからクレアの件を思い出した。「送ってくれてありがとう」

「どういたしまして。ではまた」

女は電卓を取り出し、ゲームをしながらむこうへ歩きはじめた。その音楽にベンは聞き覚えがあった。

「いまやってるゲームは『名誉の戦死』かい？」ベンは大声で尋ねた。

女は振り返った。

「ご存じなの？」

「仕事でたくさんのゲームを試すんだ」

「お上手？」

「下手じゃないだろうね」

「あたし、戦闘ではだれにも負けたことがないのよ」

「こんなに酔ってなければ、きみに土をつけてやるんだけどな。チート技も全部知ってる。やってみせるよ」

「こちらも負けないわ」

女はゲームをしながら去っていった。

ベンはティファニーにかけてみた。しかし電卓の電源を切っているようだ。そこで、

〝たぶんきみ以上に楽しい夜だったよ〟とメッセージをいれておいた。時計を見ると、もう午前四時二十二分。あと数時間で出勤時間である。アルコールのせいで手足が重い。まるで手足を切り落として、切り口を焼いて縫いあわせたようだ。薄い包帯で巻かれたマネキンの気分である。モーテルにでもはいって倒れこみたいと思いながら、とぼとぼ歩きだした。ちょうどタクシーが来て、手を挙げて止めた。

またクレアのことを考えた。彼女は妹のような存在だった。気高く、誇り高かった。幻滅という弱くて簡単な道には屈しなかった。燃えるようなその理想主義は純粋で、太陽さえかすませそうだった。

タクシーの運転手に住所を告げると、「楽しい夜遊びでしたか？」と訊かれた。しかしベンは返事をするまえに眠りこんでいた。

AM8:39

目覚まし時計が鳴っては止め、鳴っては止めを四回くりかえした。早起きしてもしかたないとベンは思った。昇進予定者への乾杯を思い出すとむかっ腹が立ってきた。毛布を蹴飛ばしてベッドから出る。

住まいである広いタウンハウスは古いアメリカの絵画があふれていた。白壁を埋めるようにカウボーイや戦死した兵士や恐竜の絵が掛けられている。USJの軍人はだれもがアメリカ美術への造詣が深い。板張りの床には塵ひとつ落ちていない。階段を下りて食堂へ行くと、中国人の老女中が朝食の支度を調えていた。ベンは味噌汁を一口、ベーコンを一かじり、かっぱ巻きを二個食べた。そして外地の日本合衆国勤務用である青の標準軍服を着た。

「もうすこしお食べください」女中がすすめた。

「体重計が許さないんだ」ベンは答えて、出てきた腹を叩いてみせた。ところがそのせいで目がまわり、カウンターにつかまった。「水を一杯くれないか」

水を飲むと、扉の脇の武将鎧に掛けてあるコートをとった。鎧は古色をつけてあるが、チタンコーティングされた最近の製品だ。バークレー陸軍士官学校の卒業生全員に贈られた記念品である。部屋を出て、十五階から高速エレベータで一階へ下りた。通りのむかいは緑豊かな公園で、子どもだらけである。ブロードウェイの地下鉄入り口にはいった。駅は隅々まで清潔で、壁に埋めこまれた電卓ディスプレーにはカリフォルニア日本ニュースが配信されている。太平洋戦争から四十周年を記念し、その膨大な犠牲者を追悼する内容が多い。やがて、ベトナムで大勝利を重ねる日本軍のハイライト映像に変わった。将軍の一人が、『抵抗勢力はまもなく一掃される！』と確約している。

公共掃除人が駅を掃除している。ベンは三圓で缶入りのオレンジジュースを買った。天皇陛下のホログラム映像のそばを通るときは、他の人々とおなじように恭《うやうや》しく低頭した。陛下は式服で、ご尊顔を庶民の目で汚されぬよう赤龍の仮面をお召しになっている。ベンはしっかりと頭を垂れ、しばらくその姿勢を維持した。せっかちな者や不敬な者は監視カメラに記録され、当局に通報されるからだ。軍人であるベンにも多くの市民が会釈して敬意をしめした。電車は午前九時十五分ぴったりにやってきた。駅は平日のラッシュアワーほど混雑していないが、それでも数百人の客が乗車した。車内のドア脇には純粋日本人と軍人用の特別席があり、ベンはそこにすわった。乗客たちのほとんどは、人種の別なく自分の電卓でゲームに没頭していた。地下鉄の車内で友人と会話するのは無作法とみなされるからである。女性の自動音声が爽やかな日本語と英語で、次の駅が終点のサンタモニカ三丁目だと告知した。
電車は地上に出た。遠くに高層ビルがそびえている。そのビルより背の高いメカと呼ばれる機械兵が、油断なく空を監視し、内外の敵から市街を守っている。ベンの電卓からはカリフォルニア日本ニュースが流れ、小笠原知事が年次報告として共栄圏のさまざまな指標を披露していた。『犯罪発生率は西半球で最低、環境汚染はほぼ皆無です』と彼女は述べた。映像はニューベルリンとヒトラー国《ヒトラリカ》のスモッグにおおわれた都市の風景が挿入された。USJでは電気自動車しか走っていないのに対して、あちらではいまだにガソリン自動車を使っているのだ。小笠原知事は誇らしげに続けた。『こちらでは電気機界システム《EKS》産業が急速に発展しています。ドイツのゲッベルス首相はニューベルリンを世界の電卓娯楽産業の主都に育てようとしていますが、ロサンジェルスにはユニークな関連企業が千社以上あり、その地位は揺らいでいません』
電車は駅にはいって停止した。一九六番線の終点である三丁目駅でベンは降りた。数人の民間人からお辞儀され、ベンは勤務中の数人の警察官に軽く会釈した。エスカレータで広場に上がったときに、ポケットからギターのメロディが流れてきた。電卓を出してフラップを開く。

金古ティファニーからの着電である。

「どんなひどい夜だったの？」のっけから訊かれた。

ベンは儀式のようすを簡単に説明した。

「そんなに怒ることはないわよ」

「これが怒らずにいられるか」

「気にしなければいいわ。西郷さんみたいに」

「西郷さん？」

「明治維新の最後の侍、西郷隆盛。彼は報酬も階級も肩書きも気にしなかったのよ」

「たしか彼は政府に対して反乱を起こして死んだんだぞ。そんな人物の名前をうかつに電卓でしゃべっちゃだめだ」

「大丈夫よ。西郷さんは英雄だから」

「すくなくとも僕はちがうな。きみは愉快な夜だったのかい？」

「愉快と言えなくもないわね」ティファニーははぐらかした。「ずいぶん疲れた声ね」

「なぜかすぐに酔ってしまったんだ。普通は数杯で酔ったりしないのに」

「年のせいよ」

「年だって？　まだ三十九だぞ」

「まだ？」

「茶化さないでくれ」

「つまり、わたしのアンチエージング化粧品や皺取りクリームも気にいらないっていうのね」ティファニーはさらにからかった。

「今夜のレースには行くのかい？」

「お肌の美容に効果があるわね」

「その口ぶりだとレースを見る気はなさそうだな」

「喧嘩腰はやめて」ティファニーは笑った。「入場券はあるの？」

「ボックス席だ。なにしろ今夜の競艇はソラッツォとチャオが出るからな」

ティファニーは楽しそうに口笛を吹いた。

「この対決をずっと楽しみにしてたのよ」

「きみが書いた二人の紹介文を読んだよ」

「感想は？」

「きみは天才だ」

「じつは三日徹夜して千回書きなおしたのよ」

ベンは苦笑した。

「そのあとは碁を打ちにいく予定でかまわないね」

「あなたの友だちが負けて大損していいのなら」

「僕の友だちは損など気にしないよ」

「あなたはどうなの？　気にしない？」

「僕は大金なんか賭けないから」

「昇進のことよ」

「わかってる。どうしようもないだろう」ベンにとって一番強気の返事だった。

「かわりにわたしが事情を探って、理由を尋ねてあげてもいいけど」

「やめてくれ。考えないようにしてるんだから」

「あとで忘れさせてあげる」

「どうやって？」

「いろんな方法で」扇情的にウィンクしてみせた。

ベンは笑った。

「もう職場に着くんだ。あとで電話するよ」

ティファニーは画面にキスした。ベンはガラス張りの巨大なビルにはいった。表には大洋テックの看板がかかっている。受付エリアには繊細なつくりの石庭と滝がある。スーツと軍服の人々が行き来している。ベンは何人かにお辞儀をし、また何人かからお辞儀をされた。保安ゲートを通るとキーカードのバーコードが自動的に読み取られ、IDが確認された。机のむこうにいる警備員たちが身許情報と写真を照合して、通行を許可した。ベンがエレベータ乗り場へ行こうとしたとき、見覚えのない筋肉質の女が近づいてきた。顔立ちからすると欧亜混血のようだが、地域までは特定できない。髪は短く不規則に切られている。口紅は暗い赤。アイラインは紫で、青白い頬との対比で殴られた痣《あざ》のように見える。

「おはよう、石村紅功さん」彼女は陰気な口調で挨拶した。

「ご用でしょうか」ベンは訊いた。

「いまは多忙か？」

「いつも多忙ですが、重要な用件なら時間をつくりましょう」

「話はそちらのオフィスでする」

「僕のオフィスで？」

提示された身分証明書を見て、ベンはぎくりとした。女の名前は槻野《つきの》昭子《あきこ》。所属は特別高等警察。略して特高と呼ばれる日本の秘密警察である。ベンは息が苦しくなった。いっしょにエレベータホールへ行き、二人だけで乗った。

特高課員の訪問を受けるような失敗をしでかしただろうかと、ベンは記憶を探った。賄賂《わいろ》を渡し忘れたのか。寝言でなにか言って、それを恋人たちのだれかが通報したのか。まさかティファニーが西郷の名を口にしたせいではあるまい。もしかすると昨夜の中尉が、昇進できずに不満げなベンを報告したのか。

「今日のご機嫌はいかがですか」ベンは挨拶してから、すぐにばかなことを言ったと思った。

槻野課員は挨拶を無視して、質問にはいった。

「貴様は昨夜、六浦賀クレアについて問いあわせたが、理由はなんだ？」

ベンは虚を衝かれた。

「ふ……古い友人だからですよ」

「しかも問いあわせたのは彼女の生死についてだそうだな。それを調べた理由は？」

「つまらない噂を聞いたからです。たいしたことじゃない」

「彼女とはどんな関係なのだ？」

「さっきも言ったとおり、古い友人です。ご尊父の部下だったので、彼女は妹のようなものでした」

「六浦賀計衛将軍と最後に話したのはいつだ」

ベンはためらった。将軍から連絡があったことを知っているのか？　しかしあの通話は傍受できないはずだ。忠誠を試す質問だろうか。

「昨夜です」真実を答えた。連絡係の警告はおそらくその夜かぎりだろう。「話したのは七年ぶりでした」

「彼はなんと？」

「クレアが死んだとのことでした」

「他には？」

「彼女の葬儀を執りおこなうようにと」

「他には？」

「憶えているのはそれだけです」

「よく考えろ」槻野課員はうながした。

「考えました。短い会話でしたから」

「将軍は現在の居場所や、今後の行き先をほのめかしていたか？」

「いいえ。とても謎めいた態度でした」

「貴様の電卓通話について調べたが、該当する通話記録はない」

ベンは〝肉電話〟のことを説明した。

「ずいぶんと特別な連絡手段だな」

「あの電話はすべてが特別でした」

「貴様は先月、二人の女性の件を報告しているな」

「先月はたくさん報告したので」

「そのうち一件が六浦賀クレアについてだった」

先週だけでも何千件も報告している。一カ月となればさらに膨大だ。

「あの六浦賀クレアですか？」

ベンは尋ねたが、相手の口調から答えはあきらかだ。

「そうだ」

「報告の内容は？」

「天皇陛下の性的能力を疑問視する会話だ。お世継ぎのご誕生がないことについて話したと」

「原子爆弾による大量の放射線で多くの男性がそうなったという話ですから」

「陛下は現人《うつしびと》ではあらせられない」

「わかっています。そのように主張するつもりはありません」あわてて言って、不用意な発言をした自分を呪った。

槻野課員はふいに困った顔になった。

「ここでの貴様の仕事を説明しろ。あたしはゲームに詳しくない」

特高課の課員は捜査対象について詳しく調べてから事情聴取に来るはずだ。ベンの説明と事前の調査に齟齬《そご》がないか試そうというのか。ならば事実だけを話そうとベンは思った。見栄を張って誇張してはいけない。

「ロビーから上の三フロアはコンテンツ製作を担当し、電卓用ゲームをつくっています。フロアごとにチームが分かれ、それぞれ約百人のデザイナー、アーティスト、エンジニアがいて仕事をしています。その上の十五フロアは、倫理思想保護局に属するオフィスがはいっています。そして……僕は十階の責任者です」

十階には四十のブースが二十列並んでいる。各ブースには複数の電卓と三面のディスプレーがそなえられている。

「これらはすべてEKSに接続しています。職員たちは毎日何十万という通信を調べ、忠義に反する話題を探しています。私的通信、メッセージ、デートの約束、寝言などあらゆるものから疑問のある発言をフィルター抽出します。技術的暗号化、音声追跡、フレーズ認識、発音分析プログラムを連携させ、国賊の可能性がある者を探し出します。このフロアはほぼ全員が民間人の職員です。軍の技術兵も何人かいますが、普段は共同で作業しています」

ベンは地図をしめした。

「僕が担当するセクションはグリッド五五〇番から七二五番です。これらはロサンジェルスの特定の地域に対応しています。監視対象は全分野ですが、とくにゲームです。ストーリー分岐におけるユーザーの選択や、応答したテキストに注目します。デザイナーに頼んで意図的な国賊分岐をしかけてもらっていて、そのルートへ行ったユーザーにはフラグが立ちます」

「国賊分岐とは？」

「たとえば天皇陛下にご奉公する武士が、無職で不満をためた浪人集団に誘われるとします。そこでゲームユーザーが浪人集団に加わったら、フラグが立ち、そのユーザーの経歴を職員たちが調べはじめるわけです。学歴、社会活動、資産状況から、どんな不満を持っているか探ります。しかし正直なところ、ほとんどの報告は外れです。ユーザーはゲームのなかで憂さ晴《うば》らしをしているにすぎません」

「陛下に逆心あるやもしれぬ者をかばうのか」

「もちろんちがいます。しかし、たんに憂さ晴らしをしたいユーザーと、具体的になにかたくらんでいる者を見分けるのが僕らの仕事の一部なんです」

「絶対的忠誠心で世に知られる貴様が、諸悪の根源を反動思想に見出さないとは意外だ。古きアメリカの宗教でもこう言うではないか。〝汝の右手が罪をなすなら切って捨てよ〟と」

ベンは苛立ちから神経質な反応をしないように気をつけた。自分のオフィスにはいりながら提案した。

「お茶をいかがですか？　大紅袍《ターホンパオ》があります。武夷《ぶい》山から特別に輸入しました。大変高価でしたが、それにふさわしい最高級の岩茶ですよ」

ベンのオフィスは角部屋で、全面ガラスの窓から太平洋が一望できる。壁にはこれまでたずさわったさまざまなゲームの浮世絵風ポスターが貼られている。デスクのマホガニー製の天板には、大洋テックの社史が漢字で書かれている。

槻野課員はコートの内から銀色の銃を出した。緑の液体がはいったガラス製のカプセルをグリップの底から抜き出す。

「こういうものを見たことは？」

「いいえ」ベンは正直に答えた。

「ウイルス銃だ。相手の血液の遺伝史を書き替える。これで撃たれた者は五分で見分けのつかない姿になる」

「あまり愉快ではありませんね」

「まったくそうだ。大東亜共栄圏の日本人科学者が開発した」

「ベトナムむけに？」

ベンは尋ねながら、大尉昇進時に拝領した箱入りの恩賜の短刀を横目で見た。特高課員が手にした銃が視界にはいらないようにした。

槻野はうなずいた。

「無駄な抵抗をするやつらがいるものだ」

「正気ではないのでしょう」

「ほう、実の両親を皇国への反逆罪で告発した男が、それを言うか？」

ベンはつかのま目を泳がせた。そして定型文に聞こえないように気をつけて答えた。

「僕は天皇陛下に唯一の忠誠を誓っています。陛下にそむく者はだれであろうと正気とは思いません」

「六浦賀将軍のここ数年の動向を知ってるか？」

「あまり知りません。奥さまを亡くされてからは荒れていらっしゃるとか」

「われわれはここしばらく将軍の行方を追っている」

「なぜですか？　退役されたはずですが」

「調査中のあるゲームに関与しているらしいからだ」

「どのようなゲームでしょうか」

「アメリカ人の残党について多少は知っているか？」

「コロラドに立てこもっているようですが、そこは荒野ですからね。アメリカ人の残存社会はロッキー山脈のあちこちに存在しています。地下都市をつくり、そこで無意味な殺しあいをしているらしい。こちらでは親が子どもを叱るときに、言うことを聞かないとアメリカ人の怪物に預けてしまうぞとおどかしますし、実際に聞いたことがあります」

「たしかに軋轢《あつれき》の巣だ。ドイツが核兵器凍結を求めてこなかったら、とうに原爆を落として一掃してやった」

「そのコロラドと六浦賀将軍が関係していると？」

「コロラドではなく、サンディエゴだ。貴様がよく知っているグループだ」

「ジョージ《G》・ワシントン《W》団ですか」ベンの腕が鳥肌立った。

「彼らと戦ったことがあるな」

「十年前です」

「膠着状態になっている数少ない紛争の一つだ。GW団は原爆を入手できたのだから、実質的には敗北だ」

「悲惨な戦いでした。多くの優秀な将兵が死んだ」

「貴様は生き残った」

「栄えある事務官ですから。実戦は縁がない」

「なにが起きても貴様には関係ないということかな」

ベンは皮肉を無視した。

「六浦賀将軍はGW団を憎んでいました。その両者が関係するとは思えません」

「狂気を甘く見ないほうがいい。六浦賀は反動的ゲームをUSJ市民に配布するのに協力した。このゲームはサンディエゴにわずかに残った抵抗勢力が開発したものと考えられる。遺憾ながら、ゲームはUSJ全体で人気を博している。コロラドにいたっては日常的にプレイされているらしい」

非日本製品に過剰な興味をしめすのは得策でないと知りながらも、訊かずにいられなかった。

「どんなゲームですか？」

「タイトルは『アメリカ合衆国』、略して『USA』。アメリカが戦争に勝った架空の世界を舞台とし、プログラム内のシミュレータでゲリラ戦に勝利する方法を教える。あらゆる点で荒唐無稽だ。聞いたことは？」

「あります」

「なぜ報告しなかった？」

「概況報告で一度言及しました。ただし発見当時はタイトル不明でした」

「ではどんなものかは知っているな」

「おおよその内容は。たしかに荒唐無稽です。それを開発したのが将軍だという根拠は？」

「さっきも言ったように、われわれは彼の行方を追っている。ゲームには彼の痕跡がいたるところにある。ところで、貴様もかつて優秀なゲームデザイナーだったそうだな」

「並みのデザイナーですよ」

「六浦賀将軍の兵棋演習《ウォー・ゲーム》の開発に参加していたと」

ベンはサンディエゴ時代の記憶を蘇《よみがえ》らせ、落ち着こうと何度か深呼吸した。

「貴様の部署は今日いっぱい六浦賀将軍の家族と関係者の情報収集に専念させろ」槻野課員は命令した。

「わかりました」

「貴様は六浦賀クレアのアパートメントまで同行してもらう」

「僕が？　なぜ」ベンは驚いた。

「父親が言ったとおり、六浦賀クレアは昨日午後に自害した」

自害とは、ナイフで首を刺す儀式的な自殺である。彼女が自分の喉に刃をあてるところを思い浮かべて、ベンは蒼白になった。

「遺書は？」

「ない。本件はまだ調査中だ。しばらくまえからクレアを尾行対象にしていたが、父親に連絡することを期待して身柄は確保していなかった。死亡という結果を受けて、本人の電卓を調べられる人間が必要になった」

ベンはしばらく絶句した。槻野課員の苛立った凝視に気づいて、なんとか冷静さを取りもどした。

「いつ出発しますか？」

「貴様が部下に業務命令を伝達したら、すぐだ」

ベンは電卓のボタンを押して、業務予定を変更する旨のメッセージを書いた。

「送りました」

「銃は持っているか？」

「必要ですか？　職場にあったかな。銃は何年も携行してないので」

「探せ」

AM9:38

槻野昭子特高課員の車は三角形の小型車だった。通りを走る大半の電気自動車と同様である。ドアが透明なので、特定の角度からは空中に浮いているように見える。特殊な監視機器を搭載しているのではとベンは思ったが、それらしきものは見あたらなかった。それどころか本人の人柄をうかがわせる装飾や記念品もない。昭子は毎時四十粁《キロ》の定速で運転した。まわりの数百台の車もおなじ速度だ。高層ビルに掲げられた巨大看板は、ネオンが光らないと生気に欠ける。ベンは落ち着きなく座席にすわった。左を見ると大きな屋外ディスプレーがあり、新しくできたドイツ美術館を宣伝していた。

「ドイツ人はどうして道の反対側を走るんでしょうかね」ベンは言った。

昭子は肩をすくめた。

「なにごとも人と反対にやりたがる連中だからさ」

「あなたは電卓に運転させないんですか？」

「すべて自分で制御したいんだ」昭子はステアリングを握る手に力をこめた。

「でも、電卓は速度も方向もあらゆる組み合わせで完璧に計算して――」

「電卓に命は預けない」昭子はさえぎった。「大洋テックには何年在籍している？」

「八年です」

「そんなに長く務めて、まだ大尉か？　普通に昇進していれば少佐や大佐でもおかしくないだろう」

ベンは同意したかったが、慎重な返事にとどめた。

「場合によりけりです」

「どんな？」

「たとえば政治かな」ベンは適当に言った。「昨夜は昇進できると思っていたんです。一部の友人たちからもそう言われていた。ところがだめだった。理由はわからないし、つっこんだ質問はしませんでした。自分の職務には満足しているし、大尉だろうが准尉だろうが仕事はする。あなたは？　特高で何年？」

昭子は顔をむけた。

「五年だ」

何歳なのだろうと思ったが、訊くのは控えた。

「貴様はバークレー陸軍士官学校演習研究科《BEMAG》の卒業生だな」昭子は言った。

「二十年近くまえだけど。なぜ？」

「あたしと同窓だ」

BEMAGは、バークレー市街の廃墟につくられている。市全体が軍の研究施設だ。かつてサンフランシスコの大半から住民が避難したときに、建物はそのまま残っていたので、戦闘演習場として最適だった。メカのパイロットを養成する最高レベルの訓練学校もここにある。パイロットはサンフランシスコ湾で好きなだけ練習できる。バークレーは外界から隔絶されていて、なかにはいれるのは学生とその生活をサポートする民間業者だけだ。

士官学校の後輩と聞いて気が楽になった。

「近ごろのバークレーはどんなようすだい？」

「拡張されている」

「アジア街の韓国料理店はまだあるのかな。キムチスープがうまい店でね」

「知るか、そんなこと」

「どういう料理が好き？」

「カフェテリアにあるメニューならなんでもいい」

「あててみせよう。きみはトップクラスの成績で卒業したはずだ」

「九位だった」

ベンは感心した。BEMAGそのものがトップレベルの士官学校で、それより上は東京陸軍士官学校だけである。

「貴様は？」昭子が訊いた。

「ほとんどビリ。六八二番だ」六八四人中であることは言わずと知れているだろう。

「それはひどいな」

ベンは笑った。

「そもそも入学できるはずはなかったんだ。軍のお偉方が僕に見込みがあると思ったらしくて、その特別要請で入学許可が出たんだ。他の学生たちからはチート入学といわれ、嫌われてたよ」

「指導教官の報告書によると、学業より女遊びに力をいれていたようだな」

「弁解の余地はない」

「他の授業の成績記録も見た。よくいって平凡きわまりない」

「検閲官は重要な仕事だよ」

「同僚の将校たちの多くはサンディエゴで名誉ある従軍をしている」

「みんな僕より頭脳明晰で才能豊かだったから」

「これまでいろんな軍人から話を聞いたが、貴様のように自分を卑下する将校は初めてだ」

「率直に評価してるだけだよ。クレアのアパートメントはどこ？」

「ダウンタウンだ。もうすぐ着く」

AM10:15

　ロサンジェルスのダウンタウンは高いビルが林立している。市庁舎は大阪城を模した建物である。大型の電卓スクリーンがあちこちにあり、広告や、各地の戦争での皇国勝利を伝えるニュース映像が流れている。高さ五十米《メートル》の鎧を着た武士のような巨大なメカが、通りを巡回監視している。地面が揺れないように動きは控えめで、足の裏の大きなタイヤをころがして移動している。ジェットパックを背負った兵士がメカのまわりに浮かび、いっしょに巡回している。街には早めの昼食のためにレストランへむかう人影がちらほら見える。

　六浦賀クレアのアパートメントは、八十階建ての高層ビルにあった。ドアのまえにはすでに警備の警官が立ち、室内は警察が捜査したあとでかなり荒れていた。寝室が三部屋ある間取りで、床は板張り。家具は真新しかったはずだが、ソファもマットレスも警察の捜査のために切り裂かれていた。大理石の彫像や華麗なフランス絵画が何点も飾られている。リビングの中央にはホログラム映像のプロジェクターまである。

「学生の住まいにしては豪華すぎるな。これが将軍の父親を持った特典か」ベンは言った。

写真立てが並んでいるなかから記憶にある将軍の顔をみつけた。六浦賀はゲームデザイナーで、電卓ゲーム界で著名なフランチャイズの一つである『名誉の戦死』シリーズの開発者だ。その最近作のポスターが娘の部屋の壁にいくつか飾られていた。中国米暴動や朝鮮戦争を題材にした大ヒット作だ。

「将軍とはどういう関係だったのだ？」昭子が訊いた。

「上官と部下だよ」

「そのことに満足していたのか？」

「六浦賀といえばゲーマーのあいだで伝説的存在なんだ。彼の下で働けるのは名誉だ」ベンは手首の横を掻いた。「彼の階級の将校としてはもっとも多くの受勲歴があった。だれからも手本とみなされていた」

壁には将軍自身の卒業写真も何枚かあった。多くの将校にかこまれて祝福されている。六浦賀は東京陸軍士官学校在学中に、精鋭学生グループのスメラ（日本語で天皇を意味する〝皇《すめら》〟と、世界最初の文明であるシュメールをかけた言葉遊びだ）に招かれて加入した。これはすごいことだ。

「貴様はあまりいい学生ではなかったようだな」昭子は言った。「彼はBEMAGの教官時代に貴様を何度も叱っている。怠慢や無規律を理由に」

「きびしい先生だったよ」

「きびしかったのは彼がトップレベルだったからだ。軍人としてメキシコで武勲を立て、戦略家として優秀だった」

「もちろんだ。そして停戦後はシューダリン・デザイン・ワークスを設立し、皇国最高の戦争シミュレーションを製作した。だれもがシューダリンに就職したがった。かならずしも役得めあてではなく」

「当時の彼のゲームをよく知っているのか？」

「ああ。一部の開発を手伝ったこともある。小さな部分で、下手くそなコードだったから大半はボツになったけどね」

ベンは六浦賀と娘のべつの写真を見た。魚釣り旅行らしく、クレアは退屈で不満げだ。

「夫人がサンディエゴで不慮の死を遂げたときの報告書も読んだ」昭子は言った。「民間の市場が誤って抵抗勢力の拠点と報告され、友軍兵士による爆弾攻撃に巻きこまれたのだな。メディアはテロ攻撃と報じたが、部隊ではみな真実を知っていた」

「混乱した時期だったよ」

「彼女の死をきっかけに紛争が急拡大したことは、わかっているか？」

昭子の問いは、事実確認というよりも、おたがいの知識に齟齬がないか照合するものだった。

「だから、混乱した時期だったんだ」ベンは答えた。

「記録は断片的にしか残っていない。六浦賀は最終的に解任された。戦時に軍の高級将校が地位を逐《お》われるのは異例だ。なのに詳しい説明はなかった。公式の説明以外に貴様がつけ加えることはあるか？」

「そんな話がわかるような階級じゃなかったよ。当時はまだ中尉だったんだから」

「貴様もクレアといっしょに追い出された」

「彼女の保護者役を将軍から頼まれたんだ。やれるだけのことはやったよ」

「それから数年後、六浦賀は、非日本人を主人公にしたゲームを開発しようと試みた。サンディエゴ紛争を敵の視点から描くものだった。現地人に感情移入するなどばかげた試みだ。他にも、神風特攻隊のパイロットが自分の任務に疑問を持ち、最後の瞬間に思いとどまるというストーリーのゲームもあった」

「どちらも初耳だな」

「検閲で発禁処分になったからだ。醜聞が広がってから逮捕するのではなく、その時点での退役か、切腹かの選択肢が六浦賀にはあたえられた。多くの上官にとっては残念なことに、彼は退役を選んだ。そしてひそかに新しいゲームの開発をはじめた」

「それが『アメリカ合衆国』か」

昭子はうなずいた。

「まさに癌だ」

「体の癌は根絶されたけどね」

「精神の癌はまだだ」

昭子は机に歩み寄って、電卓を取り上げた。三角の先端が消灯しているのは、ＥＫＳに接続していないことをあらわしている。

「これが六浦賀クレアの電卓だ」

ベンに渡そうとしたが、ベンの視線はベッドにむいたままだ。鑑識が使う汚染防止のビニールでおおわれている。

「彼女はここで？」

昭子は首を振った。

「浴室だ」

ベンは浴室へ行った。

「清掃ずみだぞ」昭子が言った。

タイル張りの普通の空間である。毛の長い動物が描かれた壁、乾いたタオル、排水口にたまった髪の毛。

「バスタブのなかで？」

昭子はうなずいた。

「状況に不審なところはなかった？」ベンは詳しいことを訊こうとした。

「不審というと？」

「自殺以外の可能性をうかがわせるような」

「ない。あたしはしっかり調べたし、鑑識も調べた」

ベンは口もとに拳《こぶし》をあて、目を閉じて、さまざまな思い出が蘇るのをこらえた。

「こんなことしなくてもよかったのに」

「そう思うのか？」

「もちろんさ」

「恋愛関係だったのか？」

「なんだって？　まさか。妹のようだったと言っただろう。年が離れすぎてる」

「貴様の過去の女性関係を見るかぎり、年の差は問題ではないようだが」

ベンは怒りをこらえた。

「だれが葬儀をやるのかな」

「貴様なのだろう？」

ベンは十年前を思い出した。サンディエゴで六浦賀将軍から初めてクレアのお目付役を頼まれたときのことだ。その頃はまだ情勢が悪化しておらず、彼女が夜間にこっそり外出してもさほど危険はなかった。クレアは恋の相手と会っているか、サンディエゴの盛り場で友人たちとパーティでもしているのだろうと思っていた。ところが彼女をみつけた場所は、アメリカ人が集まってキリスト教の神を礼拝している講堂だった。クレアは聖歌隊に加わって前列で賛美歌を歌っていた。ベンが集会にはいっていくと、信徒たちから、「ようこそ、兄弟」と歓迎された。

賛美歌の歌詞は架空の存在をほめたたえていて、ばかばかしく幼稚だと感じた。しかし響きは美しい。彼らは斃《たお》れた神に呼びかけ、助力を願った。信徒の多くは悔い改め、両手を掲げて、救済を祈っていた。説教師が日本人の征服者に愛をしめすべきだと眠くなるような演説をはじめたので、ベンは聞く気を失った。やがて外へ出ようとするクレアをつかまえた。

彼女はベンがいることに驚き、お辞儀をした。

「石村さん、ここでなにをしているの？」

最初は、〝父親に知られたらきみはどれだけ叱られるかわかっているのか〟と言ってやりたかった。しかし十代の若者の反抗を招くだけで逆効果だと判断した。

「きみがなにをしているのか興味があったんだよ」

「父に命じられて探しにきたの？」

「見守るように頼まれたのはたしかだよ」十字架にかかったキリストの像を見た。「あれを信じてるのかい？」

強い叱責を予想していたらしいクレアは、次のように答えた。

「全部ではないわ。でも力強いメッセージだと思う」

「どんなふうに？」

「汝の敵を愛せと教えるの。〝悪をもって悪に報いてはならない。あなたの敵が飢えているならパンをあたえよ。渇いているなら水を飲ませよ〟って」

「アメリカの敗戦も無理はないな」

その返事にクレアはむっとした。

「勝者が正しいとはかぎらないわ」

「すまないね。でも彼らの価値観は理解できない」

ベンが本音を言うと、クレアも認めた。

「彼らの信念にはわたしもさすがに信じられないところがあるわ」

「どんな？」

「イエスはすべてを許せと言うの。でもなかには許せない罪もある」

「たとえば？」

「殺人よ。死者への罪を許せる者がいるとしたら、それは被害者だけど、被害者が死んでいるのだから罪は許しようがない」

「そうだね。ところで、この場所をどうやって知ったんだい？」

「母がときどき来るから」

ベンは目を剝いた。

「そのことをお父さんは？」

クレアは首を振った。

「ここは母が心の穢《けが》れを清める場所なの」

「お母さんはきみがここに来ていることを知ってるのかい？」

「いいえ。母は家にいないし」

「じゃあ、どこに？」

「わからない」

六浦賀将軍は、妻と娘がアメリカの宗教儀式に参加していることを知ったらどう思うだろうか。

「きみを連れて帰らなくちゃいけない」

クレアは逆らわず、いっしょに地下鉄へ歩いた。ベンは横目で彼女を見て、姿勢やしっかりした歩き方や無表情な目が父親に似ていると思った。駅に近づくと、そこは騒然としていた。数百人のアメリカ人が抗議の声をあげ、暴動鎮圧装備をつけた日本兵の一隊がその前方で道路を封鎖している。隊列を組み、盾をかまえているが、銃はいまのところホルスターにおさめている。メカが一機仁王立ちし、偵察者二人がその上に浮いて、怒り叫ぶ群衆を大きな探照灯で照らしている。

「なにに抗議してるのかしら」

「日本兵二人がアメリカ人の子どもを一人、射殺したらしい。それで怒ってるんだ。急ごう」

二人は足を速めた。

「電卓プログラミングをあなたから教われと父から言われているの」

「教えることはできるよ」

「あなたについてみんなが言っている噂は本当なの？」

「どんな噂？」

「ご両親が皇国に反逆的なのを知って、当局に告発したって」

「本当だよ」ベンは答えた。躊躇《ちゅうちょ》なく認めた。

クレアは足を止めた。

「どうしてそんなことを？」

「当然だろう。アメリカ人と共謀して、こちらの秘密情報を漏らそうと計画していたんだから」

「どうやってそれを知ったの？」

「二人が話しているのを立ち聞きした」

「真意を尋ねなかったの？」

「訊いても教えてくれなかったと思うね。そのときに聞くだけ聞いて、話を一から十まで記憶した。そして二人が本気で実行しようとしているとわかって、通報したんだ」

「よく平気でできるわね。実の両親でしょう」

「簡単にやったわけじゃないよ」ベンの指がぴくりと動いた。「いまでも両親がいてくれたらと思う。でも正しいことをしなくてはいけなかった」

「息子の告発を知ったときのご両親の反応は？」

「それは知らない。警察に通報したあとは会ってない。亡くなるまでね」

「つまりあなたはその思想を心から信じている。皇国の忠士なのね」

「そうありたいね」ベンは弱々しく答えた。「でも、きみの言う〝許されない罪〟を犯したのかもしれないとも思うよ」

「来週、いっしょに教会へ行って懺悔《ざんげ》する？」

「僕をからかってる？」

「いいえ、まさか。本気よ」

背後で抗議の声が高まり、爆発音のような大きな音が響いた。クレアとベンは地下鉄の階段を駆け下りた。赤い警告灯が点滅し、二人がはいった直後にゲートが閉じた。跳び乗ったのが最後の電車で、通過後にそのエリアは封鎖された。

「あんな迷信は信じるだけ無駄だよ」ベンは言った。

「迷信的な要素に惹かれてるわけじゃないのよ。その信条が人々に力をあたえ、人間的で名誉ある価値観に彼らをつなぎとめているところよ。そんなアメリカ人がいまも表舞台に立っていたら、世界はどんなだったろうって思う」

「人間的で名誉あるアメリカ人ばかりじゃない。そして正直なところ、ああいう反体制派アメリカ人の集会にきみが行くのは安全じゃない。まだ事件が起きたわけじゃないとはいえ、悪感情はくすぶってるんだ」

「わたしがだれの娘かは知られてないし、もし知ってもみんな気にしないと思う。わたしを神の器――一人の信徒としか見ないわ」

その信仰がベンは不安になった。

「アメリカ人全員がキリスト教徒というわけじゃないんだ。宗教は多くの場合、真意を隠して人を組織するために利用される」

「皇国にも陛下に忠実なふりをして、腹のなかではなんとも思っていない人がいるわ。それとおなじよ」

「とにかく用心してほしい」

「ありがとう。気をつけるわ」

クレアは地下鉄車内の電卓ディスプレーを見上げた。さきほどサンディエゴで遭遇した騒動のようすがニュースで中継されている。

「両親が喧嘩すると、そのあと母はいつも部屋にこもって泣いていたわ」クレアは唐突な話をはじめた。「わたしはそれが腹立たしかった。反論すればいいのにと思ってた。

父の頑固さは知ってるでしょう。自分がまちがっていても認めようとしない。ある日、父が母を一時間くらい怒鳴りつづけたことがあって、わたしはがまんできず、言い返してやればいいと母に言おうとしたの」

「きみのようにね」

「あなたも聞いていたのね。でもその日、母は部屋で聖書を読んでいたわ。祖母からもらったものだって。母は、心配いらないとわたしに言った。耐える力をもらっているからと」

「聖書から？」

「信仰からよ。わたしはぜんぜん理解できなかった。言えば変えられるのに、なぜそうしないのか。そのときよ、キリスト教について教えられたのは」

「石村……」

　隣の昭子から呼びかけられて、ベンはわれに返った。

「ああ、ごめん」

　クレアの電卓を昭子から受け取り、浴室を出た。ディスプレーを起動したが、暗号化されていて画面にはノイズしか映らなかった。

「ロックをまだ突破していないのかい？」

「何人かの技術者に試みさせたが、電卓をつなぐたびにそちらが汚染されてしまうらしい」

「ポート・テックス社に送ればやってくれるのに」

「持ち出し制限があって、この敷地の外に出すと自己破壊してしまうんだ」

「僕にどうしろと？」

「電卓について高度な技術を持っていると聞いた」

「ぜんぜんそんな――」

昭子はベンの腕に手をかけた。

「謙遜は無用だ、大尉。暗号コードを突破する腕前については評判だ。女遊び以外で唯一得意らしいな」

「それはたとえがまちがってるよ。いつも振られてばかりなのに」

ベンは自分の電卓とケーブルを用意した。クレアの電卓はＥＫＳに接続していないので、ケーブルでじかにつないだ。

「用心しろ。すでに十個以上のポートが――」昭子が言いかけた。

「はいれた」

「どういう意味だ、はいれたって？」

「暗号を突破したんだよ。すくなくとも第一層をね。第二層は難しい。変数を毎回変えるアルゴリズムを使う。基本の方程式をわかっていないと両方の電卓がショートする」

「どれくらいで？」

「三十秒後にはどちらの電卓も交換するしかなくなるだろう」

ベンは数字を打ちはじめた。電卓の画面でキーを押し、方程式と変数を変えていく。ベンが推測した数字を入力しているあいだに、電卓は通常のセキュリティプロトコルを迂回する。これで推測が誤っていてもフェールセーフは発動しない。仕込まれた数学は解釈すべき秘密のようだ。ヒントがあり、慎重さや大胆さの兆候がある。いつ後退し、いつ前進すべきかわかる。突撃には正しい単語の組み合わせが必要。ユーモアとひどい愚かさと愛情がいりまじったもの。ベンは慎重にコマンドを打ち、明示されないキューのあいだを縫った。暗号はピンと回転板がつくる歯のように反応する。強い欲望が探り、貫き、押してロックをはずしていく。悲しげに吠え、回転させ、煩悩のシンメトリーを崩す。

「第二層がはずれた。さて、第三層があるのかな」

第三層は質問してきた。

『人生の意味はなんですか？』

思わず、「なんだそれ」と言いそうになった。しかしその言葉でショートするかもしれない。ひねった質問か。それともこの内省的で感情的な暗号ロックは、音声から誠実さを見抜けるのだろうか。

「絶望だ」ベンは答えた。

『あなたはなにをしていますか？』

ベンはすでに裏で動くキー入力プログラムを走らせていた。これが第三層を解明するはずだ。

「僕は反動的な出版物を検閲する」

『あなたは〝反動的な出版物を検閲する〟を楽しんでいますか？』

「大好きだ」

『なぜですか？』

プログラムは侵入に苦労していた。そこでべつのやり方を考えた。暗号部がこちらの返事を処理するたびに、通路ができる。そこから基本的なファイルを取り出してこちらの電卓へ移せるはずだ。

「僕は人々を不和から守るから」

鋭いビープ音が鳴り、誤答であることをしめした。昭子は真剣なまなざしで見入っている。誤答が許されるのはあと一回か二回だろう。それを超えると電卓は自己破壊する。

『なぜですか？』クレアの電卓はふたたび質問した。

「僕は支配するのが好きだから」

『〝絶望〟と〝僕は支配するのが好きだから〟のあいだには関係がありますか？』

「ないと思いたいね」

電卓はシャットダウンした。ベンは急いでケーブルを抜いた。

「電卓は自己破壊したのか？」昭子が訊いた。

「クレアのはね。でも彼女の電卓にはいっているファイルの大半は僕のに移した」

自分の電卓内に複製したクレアの電卓にアクセスした。異なる興味対象のアイコンが回転している。友人とのやりとり、写真、音楽。それらが恒星と惑星のような関係でそれぞれの周囲をまわっている。

「お目当てはなに？」ベンは訊いた。

昭子は隣に寄ってのぞきこんだ。

「どうやってはいった？」

「デートの上手なやり方といっしょ。相手にあわせるだけさ」

昭子はアイコンの軌道をあちこち調べ、なにかを探した。苛立たしげに訊く。

「これで全部か？」

「全部じゃないけど、大半はある」

昭子は日本語で小さく悪態をついた。

「ないな」

「どんなのが？」

昭子は写真のアイコンを押した。ギャラリーが表示される。パーティ、ダンス、レストラン、外出先での友人たち。そのなかに、くりかえしあらわれる女性の友人が一人いる。

「友人全員に事情聴取が必要だな。写真をすべてあたしの電卓に送れ」

ベンは電卓の画面でコマンドをいくつかタップした。

「送ったよ」

それからしばらく壁を見て、また電卓にもどった。

「おかしいな」

「なにがおかしい？」

「これほど厳重なセキュリティをかけた電卓の中身が、とりたてて価値のないものばかりというのは」

ベンはクレアの部屋にはいって、マットをひっくり返し、本をめくり、机の裏をのぞきこんだ。引き抜けそうな鉢植えがあったので、その土まで調べてみた。しかし根しかなかった。窓を開け、外壁の見えないところに手を伸ばして探った。なにもない。リビングへ行って、そちらの窓の外も調べた。

「なにを探してるんだ？」昭子が訊いた。

ベンは金属製の薄い板をつまんで、目のまえに掲げた。外壁に貼りつけてあった。「周辺統合ドライバーだ。電卓を同期させる」自分の電卓に挿すと、一連の数字が表示された。「有効なセキュリティコードを電卓にいれていれば、すぐに同期して、非同期のファイルを開く。それが普通だけど、コードが無効だと同期がおこなわれたことに気づかない。意識的に探さないかぎりね」画面に新しい球形アイコンがあらわれた。「ゲームらしい。『アメリカ合衆国』だ」

昭子は電卓を奪い取り、いくつかボタンを押した。

「このイントロダクション。とんでもなく誇張されたアメリカ人の死者数」興奮したようすで言った。

「検閲してしまえばいいのに」

「しようとした。しかしアングラでヒットして、急速に普及してしまった」昭子は電卓をベンに返した。「この〝神モード〟というのはなんだ？」

「ワールド作成機能だよ。クレアは自分の電卓上でゲーム世界を設計し、変更できたはずだ」

「どんなゲームにも標準でついているのか？」

「ついている場合もついてない場合もある。デザイナーによりけり」

「これについているのなら、ゲーム内のシミュレータをだれでも改変できるのか」

「もちろんできるだろう」

「このゲームは多くのヒット作に埋めこまれて配布された。検閲官がゲームを調べるとき、特定のコードを知らないと問題のゲームにアクセスできないようになっていた」

「そのことをどうやって知ったんだい？」

昭子は不機嫌な顔でベンを見た。

「われわれの説得力をもちいたんだ。貴様の電卓は預かる。代替を入手して使え」

「予備はいつも持ち歩いてるんだ。個人データをコピーさせてもらってもいいかな」

「手早くやれ」

ベンは自分の電卓を操作して、機界の個人用スペースにデータを送った。ちょうどそのとき昭子の電卓にメッセージがはいり、彼女はそれを読んだ。

「終わったか？」

「ああ」

昭子はクレアの友人の写真をしめした。何度も登場していた子だ。

「本庁から情報が来た。写真の女はクレアの友人の藤盛《ふじもり》ジェンナ。アメリカ人に協力している疑いがある。現在、行方を追跡中。クレアが陛下を愚弄するやりとりをした相手がこの女だった。彼女は六浦賀将軍の現在の計画を知っている可能性がある」

「将軍を捕まえたら、どうするつもりだい？」

「どうすると思う？」

「仮説があるのかい？　つまり、なぜクレアは……」目はひとりでに浴室のほうにむいた。

「父親の反動的行動を恥じたのかもしれんな」

いっしょにエレベータへむかいながら、昭子は電卓を確認した。新たな情報はない。

「腹ごしらえをしたい」

「近くにうまい天ぷらバーガーの店があるけど」

「そこへ行こう」

AM11:31

「よかった。昼食ラッシュのまえだった。おすすめはクラシックな天ぷらバーガーだよ。バンズに蜂蜜と胡桃《クルミ》ソースをしみこませてあってうまいんだ。きみには野菜天か豚天がいいかな。僕のお気にいりはやっぱりエビ天。獲れたてのエビを使って――」

「注文はまかせる。あたしの分も選べ」昭子は言った。

店内はカレー粉っぽい黄色とこんがり焼けた茶色で、いかにもエビの天ぷらを思わせる色調である。店のマスコット、エビ天くんの像がいたるところにおかれて微笑んでいる。店内中央にはキッズスペース。壁には大型の電卓ディスプレーが並び、エビ天くんのドラマとアニメを大人むけと子どもむけに流している。給仕と女給はピンク色のエビがデザインされた制服で、お辞儀して日本語で、「いらっしゃいませ、将校殿」と二人に挨拶した。

ベンと昭子は障子で仕切られた個室に案内された。

「ここは安い、サービスがいい、おいしいの三拍子がそろってるんだ」ベンは興奮した調子で話しつづけた。靴を脱いで、畳の上にすわった。「昼食でここより上は、ピコ・ブールバードのチキンとワッフルの店くらいだね。あそこはすばらしいけど、最近のお気にいりはウィルシャー・ブールバードのシーフード店で、ケイジャンソースと茹でたカニが最高なんだ」

昭子は電卓を開いてファイルを読みはじめた。

「ねえ、こうしようよ。お昼休みは仕事を忘れる」

「なぜだ」

「しばしの休息はだれだって必要さ」

「皇国の敵は休まない。われわれにも休息はない」

昭子は電卓に目をもどした。

「それっておもしろい？」

「なにが望みだ。無意味な情報交換か？」昭子は電卓を下においた。「なにを知りたい？」

「きみについて少しでも」

「あたしは週七日働く。兄をアメリカ人テロリストに殺された。嫌いなのは仕事の邪魔をするやつだ」

「趣味は?」

「国賊を捕まえること。他には?」

しばらくして天ぷらバーガーが運ばれてきた。エビ天と蜂蜜がまじりあう味をベンは一口ごとに楽しんだ。昭子は黙々と咀嚼《そしやく》した。四分の一食べて、「甘すぎる」と評して脇へ押しやった。

「茄子《なす》の天ぷらもおいしいよ」ベンはすすめた。

昭子は一口食べて吐き出した。

「しょっぱすぎる」

ベンが半分食べた頃に、昭子は言った。

「いつまで食べてるんだ」

「あと一分」

昭子は深くため息をついて、また電卓を見はじめた。着信音が鳴り、昭子はすぐに出た。

「こんにちは、将軍」

「捜査は進んだか?」将軍は訊いた。

「多少は。六浦賀クレアの電卓にゲームがインストールされているのを発見しました。手がかりは隠されていましたが、最善の手法で解読しました。これから彼女のファイルを調べます」

「お手柄だ。初めての具体的な手がかりだ。よくやった」

「ありがとうございます、将軍。そのあとは彼女の友人の藤盛ジェンナを追います」

「藤盛はコンプトン歌劇場で公演のリハーサル中であることがわかった。行って聴取してこい。新たにわかったことがあったら直接わたしに報告しろ。本庁はこの件に大きな関心を持ち、継続的な最新情報を求めている。ところで、しばらくまえに送った命令変更はわかっているだろうな」

ベンが驚いたことに、昭子は答えにくそうにした。

「わかっています。ただ、できれば――」

「だめだ」

声はきっぱりと言って、通話は切れた。

顔を上げた昭子に、ベンは言った。

「食べおわったよ」

実際には三分の一残していた。

昭子は不愉快な考えに頭を支配されているようすで、目をそらした。

PM12:11

コンプトン歌劇場《COH》は、美しい庭園と、自然のなかを散歩しているような終夜営業の動物園のおかげで、一番人気のデートスポットになっている。数十年前の大暴動で荒廃したコンプトン地区は、政府によって再開発され、いまではロサンジェルス近郊でもっとも裕福で高級な地域の一つである。COHの建築デザインは、天皇陛下お召しの龍の仮面をかたどっていて、赤い目と突き出た鼻面と吊り上がった口を持つ巨大な集合体になっている。周辺施設には東条映画館と和地《わち》茶庭がある。三種の神器の草薙剣《くさなぎのつるぎ》、八《や》尺瓊《さかにの》勾玉《まがたま》、八咫鏡《やたのかがみ》の彫刻がそれぞれ巨大な噴水をなしている。

　二人は歌劇場のロビーを通って公演用のホールにはいった。『水中芸者』という新演目のために内部は改装され、建物の半分を占めるような大水槽が設置されている。この演目の噂はベンも聞いていた。千人の泳ぎ手が一体となってめくるめく水中の踊りを展開し、太平洋における日本の聖戦勝利を祝うのである。まだ本番用の衣装は着ていないが、擬人化された潜水艦、空母、戦艦などが音楽にあわせて迫力あるドラマを演じている。水槽の塩素のにおいがたちこめ、室温は高く、ベンは軍服が汗びっしょりになった。

「すごいな」ベンは水槽の高さに驚いた。

槻野昭子課員は案内係の一人に歩み寄り、身分証をしめした。

「藤盛ジェンナに会いたい」

座席間の通路は通常はカーペットが敷かれているが、いまは剝がされてコンクリートむきだしになっている。演者たちと次々にすれちがった。多くは全裸で、呼吸用の小さな酸素マスクだけをつけている。人種はさまざまだがカラーコンタクトで瞳の色を変えている。これは水中で目を保護する役割もある。水槽のなかで数百人の裸の男女が泳ぎ、照明も華麗に旋回して踊りまわる。泡の塊がなんらかの方法で魚雷の形になり、演者にあたって砕け散る。水槽の外には派手な衣装の数人の男女がいて、マイクごしに大声で命令している。泳ぎ手はそろって背が低く、筋肉質でがっしりしている。こちらへやってくる女も腕の太さがベンの二倍くらいあるが、身長は一米《メートル》五十糎《センチ》に満たないようだ。濡れた黒髪を団子に縛り、緑の目をぬぐっている。右肩にコウモリの刺青がある。全裸だが、恥じるようすはみじんもない。といって、二人を見てうれしそうでもなかった。

「なんのご用ですか。とても忙しいんだけど——」

昭子は身分証を提示した。

「話を聞きたい。服を着ろ」

「スキンスーツを着てますけど」藤盛ジェンナは体をぴったりおおった透明素材をつまんでみせた。「こうして――」

そこへ緑の髪で黄色のスイムスーツを着た男が通路ぞいにやってきた。

「なにごとだ」昭子の身分証を見てから続けた。「彼女は公演に欠かせない演者なんです。今回はUSJをたたえる四日間の祝賀公演です。尋問なんか受けている時間はない。彼女はいま必要なんですよ！」

「悪いな、秀紀《ひでき》さん」昭子は謝ったが、頭は下げない。「皇国の公安のために重要な質問をしたい」

「国防省に訴えますよ！　演者なしでは公演ができない」

「一人が短時間いなくなったくらいで影響あるまい」

「あなたにとって短時間でも、こちらは玉突き的に問題が拡大するんです。予定が何日も遅れてしまう。もう余裕がないのに！」苦しげにうめき、目には涙さえ浮かべている。

「やはり官憲は芸術を理解しない。あなたがたに芸術があるとしたら、それは被害妄想だ。初日は小笠原知事もご臨席で、完璧な公演が求められるのに」

「代役を立てればいい」

「彼女を連行するんですか？」前代未聞という顔だ。

「そのつもりだ」

男は平手で顔を叩き、金切り声をあげはじめた。悶絶寸前の彼を、助手たちがあおいで風を送り、落ち着かせようとしている。

昭子はジェンナの腕をつかんだ。ジェンナが抵抗のそぶりを見せると、昭子はベンに目配せした。ベンはジェンナの反対の腕をつかみ、連行を手伝った。

「いくつか質問するだけじゃなかったの？」ジェンナは抗議した。

「今夜は帰れないからそのつもりでいろ」昭子は通告した。

「わたしがなにをしたっていうの？」

「なにをしたか、ではない。頭ではこう考えているだろう――なにがみつかったのか、と」

「なにもしてません」

「それを調べる」

歌劇場の外へ出た。

「さっきの男はだれだい？」ベンはジェンナに訊いた。

「劇場監督の井之上秀紀よ」

国営劇場の監督に就任できるのは本国人の日本人だけである。緑の髪のせいで気づかなかった。井之上はいつも奇抜なヘアスタイルなのだ。

「きみの役はよほど重要らしいね」ベンはジェンナに言った。

「わたしが演じるのは砲艦パナイ。聖戦で撃沈された西側艦艇五十隻のうちの一隻。ただの端役よ」

PM12:54

歌劇場のそばに灰色のトラックが駐まっていた。牽引されているトレーラーが尋問室らしい。後部の扉が開いて、乗降用の斜路が出された。ベンと昭子はそれを上がってジェンナを車内に乗せた。黒スーツの男が二人で扉を閉じた。壁ぞいにはパネルや電卓が並び、さまざまな職員がすわっている。スーツの二人がジェンナの両腕と両脚を縛り、椅子に無理やりすわらせた。照明が落とされ、スポットライトがジェンナの顔を照らし出す。

槻野昭子課員が話しはじめた。

「藤盛ジェンナ。両脚の骨をへし折って、背骨を砕いて、二度と泳げない体にしてやってもいいんだぞ」

ベンはぞっとした。白昼に本人の職場で逮捕したのに、どういうつもりなのか。骨折させるような拷問をするなら、だれも気づかない夜中に連行するはずだ。今回は衆人環視での逮捕だった。

「それはうれしくありませんね」ジェンナは答えた。

「素直に協力すれば、将来の公演に出られるようにしてやる」

「今回の『水中芸者』は？」

「無理だ。貴様は真の愛国者ではないからな」

「どういうことですか？」

昭子はひとさし指を立てた。するとスピーカーからジェンナの声が流れてきた。

『ティムのほうは？』

『彼のせいで妊娠できないんじゃないかって彼女は疑ってるのよ』相手が答えた。クレアの声だとベンはわかった。

『天皇陛下だって赤ちゃんができないそうね』ジェンナが答えた。

そのあと下ネタのジョークがくすくす笑いとともにやりとりされた。他愛のない内容で、悪意はどこにも感じられない。録音再生は終わった。

「冗談を言ってただけです」ジェンナが弁解した。

「万世一系の尊き天皇陛下を嘲笑したのか！　貴様の命あるのは陛下のおかげだぞ。外国人もそうだ！　陛下がアメリカを奴隷支配から解放なされたのだ。なのに貴様は、陛下の生殖能力を冗談の種にするのか。陛下への侮辱はその子々孫々への侮辱であり、皇室全体への侮辱となるのだぞ」

「そんなつもりじゃありません」

昭子はジェンナの顔を平手打ちした。

「明々白々な罪を犯しながら、なんたる傲岸不遜《ごうがんふそん》！　悔悟のかけらも見せない！」

ジェンナは目を怒らせ、見返した。

「なにか言いたいことがあるのか？」昭子は問うた。

「発言については申しわけなく思います」

「すこしも申しわけなさそうな口ぶりではないな」

「本心からそう思います」

「ならば友人のクレアとおなじ名誉を選べ」

「どういうことですか？」

「彼女は傲岸不遜の罪を知って自害した」

「なんですって。いつ？」

昭子はまた平手打ちした。今度はジェンナの唇に血がにじんだ。

「貴様の口座を調査した。見ている番組や、ゲームの選択肢における決定も」金の出入りやゲームの選択を次々と述べはじめた。それぞれは些末《さまつ》だが、関連づけられ、操作され、断定的に言われると、ジェンナの有罪は決定的なように思えてくる。「あらゆる行動が反逆的な性向をしめしている。反逆思想罪の刑は知ってるか？」

ジェンナは首を振った。

「収容所での五十年の労働刑だ。サンタカタリナ島へ流刑になりたいか？」

「いやです」

「六浦賀クレアと最後に会ったのはいつだ？」

「二週間前に電卓で話しました。でも公演の準備で忙しくて――」

昭子はジェンナの臑《すね》を蹴った。

「電卓の通話記録くらい調査ずみだ！　話したのは一週間前のはずだ」

「よく憶えてません。最近はとても忙しくて記憶が混乱していて」

「クレアは自殺について話していたか？」

「いいえ、まさか」

「本当か？」

「本当です！」

「彼女の父親の所在は？」

「知りません」

「知らない？」

「本当に知りません」ジェンナはパニック状態で返事をした。「彼と話したことなんてかぞえるほどしかないんだから」

「そのときの話題は？」

「たいしたことじゃありません。ただの世間話です」

昭子は銀色の銃を抜いた。

「アメリカのことわざに、右手が罪をなすなら切って捨てよというのがある。舌が嘘をつくなら切り落とせとも」

「本当に知らないんです」

「この銃は貴様の血液の遺伝史を書き替える。撃たれたら一分後には見分けのつかない姿になる。四分後には筆舌に尽くしがたい苦痛に悶《もだ》え苦しむ。七分後には皇国でももっと も悲惨な死を遂げる。もう一度訊こう。クレアの父親はどこだ」

「本当に知らないってば！」

昭子は銃口をジェンナの首に押しつけて撃った。三十秒後にジェンナは悲鳴をあげはじめた。

「なにが……なにが起きてるの？」

「六浦賀将軍はどこにいる？」

「しらない、しらないしらない！　やめてやめてやめて……」

　ジェンナは嘔吐した。背中全体が変形し、全身の筋肉が張りつめて盛り上がる。呼吸が荒く、速く、絶望的になる。ウイルスが免疫系を襲い、荒し、攻撃し、むさぼり食う。自然は容赦ない。血と糞尿のにおいが充満する。消化器の内容物を吐瀉《としゃ》し、かん高い悲鳴をあげつづける。ベンは顔をそむけた。しかし嘔吐と椅子の上で暴れる音からはのがれられない。昭子を見ると、彼女もベンの視線に気づいた。ベンはトレーラーの後部へ行って扉を叩いた。

「出してくれ、出してくれ！」

　黒スーツの男が開けてくれた。ベンは急いで外に出てあえいだ。サンディエゴ時代に処刑は何度も見たし、拷問のやり方も知っている。しかしジェンナの生化学的暴走とそれにともなう悪臭は、これまでの経験を超えていた。取り乱すのはよくないが、今回は耐えられなかった。

　背後から昭子の声がした。

「あれを見るのはきつかっただろう。初めてにしてはよく耐えた」

「あんなことを何回やってるんだい？」

「これで十三回目だ。彼女は、昨年パロスベルデスで皇軍兵士十七名が犠牲になったテロ事件の協力者だ」

「どこに証拠が？」

「貴様がロック解除したクレアの電卓から情報をみつけた」

「それについての質問はしなかったじゃないか」

「脳から記憶を抽出するからいい」

「記憶を？」

そんなことが可能とは知らず、驚いた。

「生物課から人体実験のサンプルとして求められている」

「実験が失敗したら？」

しばらくまえに見た不愉快そうな表情が昭子の顔に浮かんだ。しかしベンの視線に気づいて、硬い表情にもどった。

「これは命令なんだ」主張というより言い訳に近い、とげとげしい口調だ。

ベンは無意識に喉の横に手をあてた。

「どうして僕を連れてきたんだい？」

「貴様がまじめに仕事をしていないからだ。同僚や部下から何度も苦情が出されている。貴様は能力不足で、安定した職場に安住しすぎている。昨夜、昇進を見送られた理由はなんだと思ってるんだ。貴様が検閲し、発見したものごとの報告書が、どれほど重大に受けとめられているかを知れ。皇国の敵への警戒を怠ってはならんのだ」

「これは僕のためだと？」

「縦割りの壁を超えた同窓生への忠告だ」

「そのゲームのなにをそんなに懸念してるんだい？」

「いまさらそんな質問をするとは、学習不足だな」

「なにしろクラスでほぼ底辺の成績だったからね」

「よくわかってる」

「他に僕に用事は？」

「まだある。しかし今晩はもういい。くだらない競艇でも見にいけ」

ベンが去ろうと背をむけると、また呼び止められた。

「石村大尉」

「なんだい？」

「退がるまえに上官に敬礼しろ」

ベンは敬礼した。昭子は返礼し、尋問用トレーラーにもどった。

広場の隅の地下鉄入り口へベンはよろよろと歩いた。市民数人がお辞儀をして敬意をしめした。ベンはトイレへ行った。〝その他〟用のドアには〝ご利用いただけません〟の表示が出ていたので、日系人用のドアを押してはいった。流しで顔を洗う。鼻をぬぐい、洟《はな》をかんで、もう一度顔を洗った。しかしジェンナの死のにおいは消えない。トイレの床にへたりこんで、はいってくる人々をぼんやりと眺めた。電卓が鳴ったが、出なかった。

PM6:12

あと数糎《センチ》ずれたら死亡事故になっていただろう。選手たちは最小限の舵角で、左右のボートに衝突することなくきれいにターンマークをまわった。水上歩行の奇跡を再現するように九頭の機械の馬が駆けていく。LA競艇場は大きく、その競走水面の広さは東京のそれに次ぐ。この日は数千人の観客がはいり、ベンとティファニーは大洋テック専用のボックス席に他五組のカップルといっしょにすわっていた。

「すごいわ!」

金古ティファニーは声をあげた。昨晩とちがって髪をブロンドに染め、赤い和装で来ている。白粉《おしろい》はつけていないが、それでもベンには周囲の羨望のまなざしが集まった。

ベンは不機嫌に酒の杯を傾けていた。

「どうかしたの?」ティファニーが訊いた。

ボックス席の隣の客たちからの視線も感じて、ベンは無理に笑おうとした。

「レースに感心してるんだよ。チャオは太ってるのに上手だ」

「太った体にだまされないで。彼のターン姿勢をよく見て。あの体重で押さえつけて艇のバランスをとってるのよ。そのために毎日ラーメンばかり食べて体重を維持してる。昔はとても痩せてたんだけど、いまほど速くなかった。あの大きなお尻のおかげで艇にぴたりと貼りつくのよ」

「尻の大きい男が魅力的だと言いたいのかい？」

「尻軽で浮気な男よりいいわね」

「きみがいるのにあえて浮気する男なんかいないよ」

「女子会ではいつも太った男を探せと助言してるわ」

「つまり、チャオを狙ってる？」

ティファニーはくすくすと笑った。

「今夜の彼はよりどりみどりでしょうね。ところで、なにか気がかりなことがあるの、ミスター・イコ？」

ティファニーはベンのニックネームを、〝ミステリー功《こ》〟と聞こえるように発音する。

それがベンは気にいっていた。

「軍人が髪を染めると粋だと聞いたんだ」

「何色にしたいの？」

「きみとおなじ金髪はどうかな」

「わたしは黒髪が好き。あとで意見書を書いてあげるわ。いま書いてる二本が仕上がったらね」

「それらはなにについての記事だい？」

「教えない」

「けち」

「書くまえから検閲されるのはごめんよ」

「引っかからないように助言するだけさ」

「わかってる。それはありがたいんだけど、〝報道《プレス》の自由〟というものがあるでしょう。個人や政治勢力からの反発を恐れずに書けることが大事なの」

ベンは彼女の腰に手を伸ばした。

「こっちはきみを押し倒す《プレス》自由があるぞ」

「人が見てるでしょう。あとでね」

「なにについて書いてるかくらい教えてよ」

「昨夜の夢よ」

「競艇選手の夢でもみたのかい？」

「ネズミよ。わたしは豪邸に住んでいて贅沢なお屋敷なんだけど、眠ろうとするとかならずネズミの群れが出るの」

「そして臭い？」

「ネズミって臭いもの？」

「嗅《か》いだことないな」

「今度嗅いでみたら」

ベンは彼女の着物の袖を嗅ぎ、ティファニーは笑って押しのけた。

「ネズミの次は、だれかと結婚している夢。彼は最初の奥さんと死別しているんだけど、まだ彼女を愛してるの。わたしがなにをしても彼は忘れられない。とても悲しい夢よ」

ベンは六浦賀将軍のことを思い出した。

「それは実話がもとになってる？」

「もとはたぶんどこかで見た映画だと思う。悲劇も検閲するの？」

「退屈だったらね」

「どんな悲劇もあなたは退屈って言いそう」

「悲劇はどれもおなじだよ。最初は幸福で……。待てよ、どこかでそういうセリフがなかったっけ」

「あなたはたぶん逆に憶えてるわ」

「きみは幸福な家族を持ちたい？」

「憎みあう不幸な家族がいいわ」

「その心は？」

「抱きあったときに贖罪《しょくざい》を感じられるでしょう」ティファニーはベンにキスした。「どうしてレースを見ないの？」

「きみに目を奪われてるからさ」ベンは彼女の腰から尻に手を下げた。

「今夜の碁《ゴ》はどうするの？」

「いいね。行こう《ゴー》」

「碁へゴー？」

「家に行こう。そしてべつのことを楽しむ」

「軍人さんの頭はそれだけね」

「それってなに？」

「繁殖《プロクリエーション》よ」

「娯楽《レクリエーション》の一種さ」

「ソラッツォのレースだけ見させて。本当にお願い」

ベンがうなずくと、ティファニーは手を叩いてよろこんだ。

「じゃあもう一つお願い。焼き鳥と水飴を買ってきて」

言葉は穏やかだが不服従は許されない。ベンは敬礼してボックス席を出た。エスカレータを下りていくと、すれちがう客の多くがベンにお辞儀をした。下士官のグループは敬礼してきた。軽食の売り場では長い列ができていた。案内係がお辞儀をして言った。

「大尉、前へどうぞ」

ベンは首を振った。

「いいよ。のんびり待つ」

「そんな、いけません。将校殿をお待たせするなど」

「かまわないから。ありがとう」

スクリーンの中継で次のレースがはじまった。選手たちのボートがコースを疾走している。ベンはどこから見ても恋人のかわりに軽食の列に並んだ兵士然としていた。

「いいレースですね」だれかが言った。

「え？　あ……ああ」ベンは口ごもった。「先週からずっと楽しみにしてたんですよ」

「だれに賭けてますか？」

選手の名前を確認するためにスクリーンを見上げなくてはならなかった。

PM8:37

ベンのアパートに帰ると、ティファニーは着物を脱ぎ、彼にキスしはじめた。ベンに胸を愛撫され、茶色の乳首が立った。彼女のへその右には三つ首の蜥蜴《とかげ》の刺青がある。北部作戦のマスコットで幸運の象徴とされている。かつて道に迷った日本軍を三つ首の蜥蜴がアメリカ人抵抗勢力の野営地に導いたという逸話があるからだ。

しばらくしてティファニーは訊いた。

「調子悪いの？」

「そんなことはないよ」

ティファニーはベンのパンツの上からさわった。

「らしくないわ。さっきまではそわそわしてたのに」

「ごめん」

「横になって。マッサージしてあげる」

ベンの服を脱がせ、ベッドに寝かせた。両手で肩を探る。

「よくないわね。神経がかちかちにこわばってる」首を揉んで凝りをほぐしはじめた。

「自分の大学時代を憶えてる?」ベンは訊いた。

「もちろん」

「いい思い出?」

「いいのも悪いのも。あなたは?」

「士官候補生の訓練でサンディエゴに送られたんだ。最初にやらされたことの一つが、死刑囚の首斬りだった。僕のまえに痩せた男が連れてこられた。肋骨が浮いていて、苦しげに息をしていた。杭に縛られたその男の首を斬って落とせと、僕は命じられた。男は恐怖のあまり脱糞していた。僕はできなかった。やろうとしたけど、手が動かなかったんだ。そのあと、おまえはサンディエゴで従軍する資格がないと言われ、成績は罰点だらけになった」ベンは肘をついて体を起こした。「あの男はどれだけ怖かっただろうって、いまでも考えるよ」

「なぜ?」

「僕は心理的欠陥があるのかもしれない。銃で敵を撃つのならできる。でも首を斬るのは……とてもできそうにない。でもやらなくちゃいけなかった。ある人にこう言われたんだ――」低い声を真似て言った。「〝刀は魂の延長である。正しく使えば己の一部となり、己の表現になる。銃で人を殺しても相手との結びつきは生まれない。刀で殺せば彼我の魂が結びつく〟と」

「いきなりそんなことをやらされたら、だれだってショックを受けるわ。引けめに思うことないわよ」

「この名前を上官たちから何度もからかわれたよ」

「あなたの名前は好きよ、紅功《べにこ》。響きがいいわ」

「女の名前だ」

「お母さんが選んだの？」

ベンはうなずいた。

「僕が生まれるまえにね。女の子だと信じて」

ティファニーはベンの顔にさわった。

「とってもかわいかったでしょうね」

「からかわれるのもいやだったけど、名前のせいで両親がけなされるのもいやだった。両親を弁護すると、なぜかばうのかと言われた。告発したくせにと。僕はなにも言えず、よけいにいじめられた。僕はどうでもいいと思って、遊び歩くようになった。そのせいで評価はますます下がり、回復不能になった」ベンはティファニーにキスして尋ねた。

「競艇とサッカー以外の記事を書こうと思ったことはない？」

「心が傷ついた陸軍大尉について？」

ベンは笑った。

「今夜は使いものにならなくてごめん」

「ちょっと残念。来週はいないのよ。北平と香港で競艇の大きなレースがあるから」

「戦勝記念日の取材はしないのかい？」

「するわ。北平から」

「きみは行く先々に恋人がいる？」

「本気で知りたいの？　知ると気を悪くするでしょう」

「やきもちを焼いたりしないよ。きみはべつの相手のまえでどうふるまうんだろうと思っただけ」

「おなじよ。まあ、すこしちがうかも」

ベンは彼女の顎をつまみ、目をのぞきこんだ。

「会えないとさびしいわ」ティファニーは言った。

「ほんの一週間だ。ここで待ってるよ」

彼女の目に一瞬だけ後悔の表情が浮かび、なぜだろうとベンは思った。

「横になって」ティファニーは命令口調で言って、マッサージを続けた。「眠って」

「疲れてないよ。やるべきことがたくさんあるんだ」

「たとえば？」

「葬式の予定。そしてずっと昔の約束」

「どんな約束？」

「秘密にすると誓ってるんだ」

ティファニーの手は背中へ下りた。

「秘密を守るのは明日でいいじゃない。今日は心のなかを洗いざらい話しなさい」

「そうしたいのはやまやまだけど」

「手伝うわ」

「どうやって？」

「苦痛を分かちあう」

マッサージする手に力がこもった。指圧から生まれる痺れた空洞に、ベンは自分の不安を沈めていった。

PM11:41

電卓の十回目の着信音で、ベンは目覚めた。ティファニーの姿はない。電卓の電話に出た。映像なしで、音声のみ。番号には憶えがない。

「まだ生きてるな」

「どちらさま？」ベンは尋ねた。

「あたしだ」

槻野昭子課員の声である。特高関係者はプライバシー保護のために電卓番号がブロックされている。

「なんの用？」

「ベッドの下をのぞいてみろ」昭子は命じた。

「なんのために？」

「とにかく見ろ。貴様も目標にされてるか確認する」

ベッドの端に寄って、電卓のディスプレーの光でベッドの下を照らしてのぞいてみた。驚いたことに、見覚えのない装置がある。ごちゃごちゃと配線があり、爆発物らしいものとつながれている。

「こ……これはなんだ？」ベンはどもった。

「赤い光がついてるか？」

赤く鋭い光が目を射る。

「ついてる」

「作動状態という意味だ。それは圧力感知式の爆弾だ」

「つまり僕は、ベッドを下りたら——」

「死ぬ。だからあたしの言うことをよく聞け」

「どうしてこんなことに？」

「だれかが貴様の命を狙っている。藤盛ジェンナの所持品から発見したリストに目標の名前が列記されていた。そこに貴様の名前があった。他に書かれた者はすでに死んでいる」

「爆発物処理班をよこしてくれよ」

「べつの目標のところへ処理に行かせた」

「どうなった？」

「みんな死んだ。あたしはいま貴様のアパートメントがあるビルの外にいる。技術班が妨害信号を準備していて、もうすぐ発信する。しかし機能を乗っ取れるのは一分間だけだ」

「僕はどうすればいい？」

「待て。爆弾の機界信号に同期する」

ベンは壁の絵画を見まわした。風水にしたがって数日がかりで家具を縁起のいい配置になおしたのに。

「準備できた。電卓をベッドにおいて、窓から跳び下りろ」

「……それ以外のプランBは？」

「プランAで充分だ」

コンクリートの地面に叩きつけられる自分が思い浮かぶ。

「ビルから落ちて死ぬより、爆発で死ぬほうがましな気がする」

「一か八《ばち》か信じろ」

「きみを？」

「安全ネットを展開してやる」

昭子は約束した。安全ネットは、屋上からの飛び降り自殺を防止するためにビルにそなわっているものだ。

「それはそれはご親切に。でもきみが僕の生死を気にするとは思えないな」

「将軍を追うために貴様の協力がまだ必要だ」

「じゃあ、縦割りの壁を超えた同窓生へのなんとやらではないんだな」

「今回はちがう」

「僕が非協力的だったらきみは撃つだろう」

「国賊であればすべて撃つ」

ビルから跳び下りるなど無茶だ。しかし他に選択肢はあるのか。ベッドの下をもう一度のぞいた。たしかに爆発物がある。こんな死に方をするのか？　考えろ、ベン、考えるんだ！　窓から跳び下りて、昭子が安全ネットを展開しなかったら、まちがいなく自殺として処理されるだろう。ベンを消したい特高にとって都合のいい幕引きだ。せめて厄介な騒動を起こしてやりたい。ベンは窓を見て、ここがどれほど高層階か考えた。とても高い。

「妨害信号を出せ」

ベンは昭子に言ってから、電卓をベッドに放り、部屋の外へ走り出た。足を滑らせそうになりながら階段を駆け下り、玄関へ走って、武将鎧をつかんだ。チタンコーティングされているので多少は身を守ってくれるだろう。胴をとって腹をおおい、通路へ出てドアを閉めた。エレベータは悪い選択肢だと思い、階段へむかった。そのとき爆発音が聞こえた。炎は奇妙なほど冷たく感じられた。背中を押される感じがして、階段の上から飛ばされた。目を閉じ、死を覚悟した。「しかたがない」と日本語で諦観を表明して、最後の感情が穏やかな歓迎であることに陰気な満足を覚えた。

ロサンジェルス
一九八八年七月一日
AMI:36

その二十四時間ほどまえ、昭子は未明にボーイフレンドを眠りから覚まさせていた。夜に朝の気配が忍びこみ、ベニスビーチには低い霧が立ちこめた。昭子の頭には夢の断片が残っていた。昔の友人が自宅を青く塗っていた。ランプも、棚も、花さえも濃いウルトラマリンで塗りこめていた。

昭子はボーイフレンドに義務を説いた。

「あんたみたいな遺伝史を持つ男子はね、積極的に不妊治療クリニックに通うべきなのよ。でないとUSJにおける純血日本人の人口はいずれゼロになる」

「クリニックで毎日なにをやらされるか知ってるか？　快楽などなく……」

万物は無だと昭子は思っていた。しかし無に見えても、正しい文脈では意味をなすことがある。誤った文脈では、たとえばネバダ試験場での原爆実験によって日本人男性が無精子症になっているという昭子の懸念は、反逆的ととられる場合がある。

「なぜ俺が提供しなくちゃいけないんだ?」彼は不機嫌そうに言った。

「あたしたちは皇国の臣民であり、あらゆる方法で協力する義務があるからよ」

「純血の日本人なんてなんの意味もない。きみはフランス人と韓国人の混血だけど、皇国で俺より重要な仕事をしてるじゃないか」

昭子は自分の汚れた血統を思い出してむっとした。

「純血の日本人であることは皇国でとても重要よ」

しかし客観的には無意味だ。昭子の優秀な上司はこれまできまって混血だった。純血の日本人は特権意識ばかり強くて常識に耳を貸さない傲慢な連中だった。

特高課の課員である昭子にとって、個性とは抑制すべきものである。写真は持たない。贈り物の類はガラクタとして嫌う。家具は実用一点張り。家で食事することはほぼないのでキッチンにはなにもない。床はコンクリート。盗聴器を警戒して板はすべて剝がしてある。棚がないので好きな本など並んでいないし、趣味のものもない。BEMAG時代に推薦された広範囲の専門書は電子データとして電卓にいれてある。

もし自分のアパートメントがテロリストに狙われても、なにも失わない。無個性で近隣に埋没した部屋であることに大きな満足を感じた。匿名性こそ昭子の隠れた個性だ。普段は外出時もほぼすっぴんで、わずかな日焼け止めを肌に塗る程度だ。特高課として訪問するときは、暗い赤の口紅と紫のアイラインだけを引く。相手を威圧する効果があるからだ。この色の組み合わせは長年のうちに出陣のフェースペイント然としてきた。石村紅功と最初に会ったときの顔もそれだ。

ボーイフレンドをクリニックへ送り出してから丸一日とすこしあとに、昭子はベンが搬送された病院にいた。攻撃を生き延びたベンは、昭子のまえのベッドに寝かされていた。背中の火傷は治療を受け、数時間後には出勤できる体に回復すると医師は診断していた。鎧の胴をつけて命拾いしたようだ。

「見舞いにきてくれてありがとう」ベンは昭子に言った。「爆発を遅らせてくれなかったら、いま頃バラバラ死体になってたよ」

「任務だから」

「そうだとしても感謝してる」ベンは顔をそむけた。「正直なところ、僕の生死など気にしないだろうと思ってた」

「気にするさ。おなじ陛下の僕として」

「まあ、そう思ってくれて感謝するよ」

「窓から跳び下りろと言ったのになぜ信用しなかった。殺す気ならこんなまわりくどいことはしない」

「きみを信用しなかったわけじゃなくて、ただ高さが怖かったんだ」

ベンの火傷は早くも治りはじめている。昭子はそれを見ながら言った。

「皇国で最高の医療施設がロサンジェルスにあって幸運だったな」

皇国最先端のバイオテクノロジーはおもな疾病《しっぺい》をあらかた根絶した。病院の廊下にドイツ人医学者の姿が絶えない事実がそれを物語っている。ベンの背中の火傷は急速に治りつつあった。昭子は兄がアメリカ人テロリストの爆弾攻撃で殺された夜のことを思い出した。兄の体は判別が難しいほど焼けていた。ベンの皮膚も一時はおなじくらい真っ黒だったが、いまでは健常な皮膚のあいだに火傷の列島が散らばる程度に縮まっている。溶岩原のようだった兄の火傷とは対照的だ。ベンは背中と腕の軽傷ですむだろう。

「僕は幸運だった。そして感謝してる」ベンは言った。

昭子の最優先の任務は、藤盛ジェンナを本人の釈明抜きで公的に処刑し、その脳を生物課の分析にまわすことだった。また石村紅功大尉を調べ、怠慢な勤務態度という苦情が真実かどうか判断することも求められていた。昭子はベンを好ましく思わなかったし、まじめに仕事をしているようにも見えない。しかし報告書に書いたとおり、三十人以上の専門技術者を寄せつけなかった六浦賀クレアの電卓のロックを、ベンはあっさりと突破した。

「他に何人死んだんだい？」ベンは訊いた。

「人数は確定していない。他の課員が情報を照合している」

「きみの同僚も？」

「爆発物処理班の班長が亡くなった。本来はあたしが率いるはずだった」

「それはつらいね」

「親しかったわけではなかった。しかし任務中の殉職は最高の名誉だ」

「それでも自分の代わりにだれかが死ぬのはつらい」

「死んでも生まれ変わる。人の存在はねじれた円環をめぐっている。彼女があたしの代わりに死んだのなら、あたしもいずれだれかの代わりに死ぬ」

「輪廻転生を信じてるのかい？」

「意外か？」

「特高は宗教と無縁だと思ってたから」

「万物は再利用される。星屑も、牛糞も、人の骨灰さえも。脳の電気パターンを例外とする理由はない。貴様は信じないのか？」

ベンは首を振った。

「信じないね」

「だから殺すことが怖いんだ」

「僕は殺人より誕生が怖いな」

「誕生が？」

「赤ん坊をその意思と無関係にこの世に産み落とすなんて犯罪だよ。たとえ生まれ変わりの魂だとしても」

「実の両親を告発した男の言いそうなことだ」

弁解しようとしたとき、看護師がはいってきた。火傷治療に使われている再生ジェルをめくった。

「あと二時間このままにしてください」

ジェルをもとどおり貼りつけて去った。

「爆弾を仕掛けた犯人の見当はついてるのかい？」ベンは昭子に訊いた。

「最重要容疑者は貴様のガールフレンド、金古ティファニーだ」

「ありえない」

「なぜだ？　貴様と最後までいっしょにいたのが彼女だ。過去一ヵ月の動向は長距離の移動ばかりで、とうてい普通ではない」

「旅行が多いのはジャーナリストだからさ」

「情が移ってるのか？」

「当然だろう」

「貴様を殺そうとした犯人かもしれないんだぞ」

「その断定は疑わしいね」

「疑うのがあたしの専門だ、石村大尉。いかなる疑いも見すごすのは賢明でない」

「狙われたのが僕だけなら筋がとおる。でも今回は大規模すぎる」

「その点は考察中だ。貴様のアパートメントを鑑識が調査している。瓦礫からなにかみつかったら連絡がはいることになっている。あたしが興味を持っているのは、爆発物を仕掛けたのがいつで、なぜ今夜を選んで爆発させたのかだ」

昭子は立ち上がった。

「どこへ？」ベンは訊いた。

「ティファニーと話をする」

「僕も行くよ」

「まだ背中にジェルが貼ってあるだろう」

ベンの背後の医療機器は各種データを計測して、おおまかな健康状態をしめしている。

「もう大丈夫だ」

「貴様が偏向した見解を述べると捜査の障害になる」

「どういう意味だい？」

「爆弾を仕掛けたのがもし貴様のガールフレンドなら、彼女は死刑になる」

「無実なら？」

「人はみな有罪だ。問題はその罪がなにかだ」

「特高課の課員でも？」

「有罪ならざる課員は有能ならざる課員だ」

ベンは立とうとしたが、昭子に止められた。

「他にも捜査すべきことがある」

「どんな？」

「ゴーゴー・アーケードでのちょっとした案件だ」

「ゴーゴー・アーケードは大好きだ。僕も行くよ」

止めようとしたが、楽しげなようすに昭子は兄を思い出した。

「では、ジェルの治療を指示どおりに二時間やれ。それがすんだら合流してもいい」

ベンはベッドに横になった。

「道順はあとで――」

「ゴーゴー・アーケードの場所はよく知ってるよ」

昭子は地下駐車場に下りた。その壁に、翼をはばたかせる巨大な生き物の影があった。しばらくして、照明器具にとまった小さな蛾だと気づいた。実体よりはるかに大きな黒いシルエットが映っているのだ。昭子は自分の車に乗りこみ、グローブボックスからガムを一個取り出した。目的地へむけて車を出しながら、車載電卓に組みこまれた本庁直通の通信機に話しかけた。

「なにか新しい情報は？」

本庁のオペレータが答えた。

「前回以降に新情報はありません。現場はまだ鑑識が調査中です」

「ゴーゴーでの任務内容はどうなっている？」

「金古ティファニーを尋問し、容疑のシロクロを判断せよとのことです」

ベンには話していなかったが、金古ティファニーがこのアーケードで目撃されたのだ。競艇選手のグループとカラオケボックスでパーティをしているらしい。

「彼女を消してもいいか？」

「今回はだめです」

ということは、集まっているのは状況証拠にとどまるのだ。昭子は目許を揉んだ。疲れている。煙草を吸いたい。しかしやめた。すくなくともやめることにした。アーケードでコーヒーを探して飲もう。

AM2:08

　ゴーゴー・アーケードはショッピングモールほどの規模のにぎやかなゲームセンターである。建物は四階建てで、延べ床面積は二十四万平米。チューブ式のエスカレータで周辺のショッピングモールとつながっている。一階にはスロット、パチンコ、宝くじ販売店などがひしめく。各所にバーがあり、女給と給仕が通りすぎる人々に会釈している。二階と三階には客同士の電卓を接続してプレイするゲームが集まっている。大型スクリーンにはさまざまな戦闘ゲームが映されている。一兵士となって聖戦を戦い、メカを操縦し、砲撃戦の砲弾を操作して抵抗勢力を殲滅《せんめつ》する。多くの電卓ごしに大規模な戦闘がおこなわれ、それがアーケードのスクリーンに投影されている。数千人が各陣営に分かれ、玉砕を最高の名誉とするイデオロギーで激突している。ハイパーリアルな戦場の映像に疲れた客には、もっとゆるいシミュレーションゲームも用意されている。シラミになって一晩でどれだけ増殖できるか競ったり、煉瓦になって十年すごしたり、アライグマになって時間旅行したりできる。昔のアメリカの都市で放火してまわるゲームもある（もちろん検閲局の規制で犠牲者は非日本人のみ）。それらがあわさった騒音はすさまじい。銃声と爆発音と悪態が渾然一体となって響いている。ゲームの集中砲火。見てはならない伝説のゴルゴンより強力な視覚的熱狂をつくりだそうと、あらゆるスペクタクルが競っている。人間の未知の奇行奇癖がここに出現しているのではないかと昭子は思っていた。

昭子はゲームが嫌いだ。しかし兄はゲームばかりしていた。軍に入隊したのも戦争ゲーム好きが嵩《こう》じたものだった。

『名誉の戦死』のヒーローみたいになりたいんだ！」

「ばか。あれはただのゲームだ」昭子は兄をけなした。

電卓でゲームをする人々の熱狂と傾倒ぶりが昭子には不快だった。ボーイフレンドの英好《ひでよし》も夜中まで熱中する。八人のゲーマーが喧嘩をはじめるとアーケードの警備隊が出動する騒ぎになる。恋人同士がスコアの報告漏れで口喧嘩をはじめたときも警備員が割ってはいるしかない。ゲームは平時宣伝省の管轄だが、市民への悪影響が心配だった。

昭子はコーヒーを取って、煙草の棚は見ないようにした。煙草のにおいが漂ってくると一服したくなる。いまは禁煙六日目なのだ。

カラオケボックスは東棟の四階にあった。その多くはホストバーやホステスバーと提携しており、客の遊びに同伴する男女のエスコートを提供する。昭子は数年前、大学のクラスメート数人といっしょに卒業祝いでホストバーへ行ったことがあった。ハンサムで魅力的な男たちがそろっていたが、なんとなく人工的な感じがして楽しめなかった。ホストは彼女の好みと思いこんだ話題をにぎやかにしゃべりつづける。ひたすら過剰な同伴者なのである。しかし驚いたことに、男子クラスメートたちは、そんな錯覚にすぎないホステスの手練手管に夢中になっていた。

アーケードの最上階にある〈アルケミスト・バー〉のまえでも、そんなホストの一人に迎えられた。筋肉質で、オレンジの髪を螺旋の細い塔のように結い上げている。ばかげた髪型だが、顔は美形だった。

「お一人ですか？」笑うとえくぼができる。

電卓で情報を見ると、ニックネームはホーネット《スズメバチ》。二十二歳で、大学へは行っておらず、トーランスのアパートメントに住んでいる。

昭子は特高の身分証を提示して、ティファニーの写真を電卓に表示してみせた。

「この女を探してる。名前は金古ティファニー。しばらくまえにここで見かけたという情報がある」

「ちょっと記憶に――」

「ホーネット《スズメバチ》……と貴様が呼ばれる理由はなんだ？」

若者は恥ずかしそうな笑みを演技で浮かべた。

「ベッドで刺激的だからですよ」

「その刺激的なテクニックは、サンタカタリナ島の監獄で役に立つかな。あそこで新入りの囚人がどんな扱いを受けるか知ってるか？」

「噂には」

「貴様はすでに猥褻《わいせつ》罪で四回しょっ引かれている。五回目の逮捕をされたいか」

「どんな容疑ですか？　営業許可証は持ってますよ」

「劣悪な記憶力の罪だ」

若者は目を伏せた。

「入店時間ははっきり覚えてませんけど、いまは奥にいらっしゃいます」

昭子は大理石の通路を案内された。ティファニーの電卓に侵入し、カメラとマイクにアクセスした。聞こえるのは大音量の音楽、見えるのは暗闇に光るストロボライトばかり。電卓のカメラからようすをうかがうのは無理だった。通路の両側の部屋はどれも使用中で、酔った客たちが一夜の救いを求めて大声で歌っている。カラオケは逃避であり、退屈な日常から離脱する儀式なのだ。市民生活では酒を飲んでひたすら歌うことで同僚たちとの絆が深められる。上司の気まぐれと横暴に耐えるために必要なのだ。特高では同僚との交遊が禁じられているが、それはさいわいだったと昭子は思った。特高課の課員は同僚でも疑い、気を許さない。

ホーネットはカラオケの一部屋にはいり、ティファニーを連れてきた。ティファニーは酔っていた。体にぴったりの赤いドレスで、金髪は踊ったせいで乱れている。ホーネットはお辞儀をして去った。

「ご用件はなんですか？」ティファニーは訊いた。

「石村紅功と最後に会ったのはいつだ？」昭子は身分証を提示してから訊いた。

「今夜の早い時間です。どうして？」

「彼とはどういう関係だ」

「まあ……友人ですね」

「関係は険悪か？」

「いいえ。彼になにかあったんですか？」

「なにかあったと考える理由があるのか？」

「特高が彼のことを尋ねにきたら、なにかあったと考えるのが普通でしょう」

「石村の行動に不自然なところは？」昭子はティファニーの反応に注意した。

「心ここにあらずというようすでしたね。なにか気になることがあるように」

「それがなにか、言っていたか？」

「いいえ。職場で機嫌を悪くすることがあったのだろうと思ってました」

「職場で機嫌を悪くすることがよくあるのか？」

「普段は陽気ですね」

「今夜のアパートメントの内外で見かけない人影はなかったか？」

「内ではないけど、外はどうかしら」考えこむ。「やっぱりないわ」

「なぜいまいっしょにいない？」

「彼は眠ってしまって、この人たちからいっしょにパーティしようって連絡があったからです。競艇の記事を書いているので、選手と親しくなるいい機会だと」

「双方向のジャーナリズムか？」

「まあ、そんなものです」

「客観性に影響しないのか？」

「一線は引いています」

「紅功は取材対象として？」

ティファニーは微笑んだ。

「検閲局の記事を書いてみたいとは思うけど……いいえ、彼との関係はただ楽しいから。これはどういうことですか？」

昭子が答えようとしたとき、見覚えのある顔がドアから突き出された。

「ティファニー、大丈夫？」

昭子は驚いた。しばらくまえに処刑した女、藤盛ジェンナだ。変わったようすはなく、ウイルスの影響は見られない。

「心配しないで」ティファニーは答えた。

昭子があらためてドアの女を見ると、まったくちがう顔だった。もっと丸顔で、鼻は細い。藤盛とは似ても似つかない。

ティファニーは電卓のカレンダーを見せた。

「これが先週の旅程表です。ほとんどの行き先には証人がいますよ」

昭子はそれを一覧《いちらん》した。とくに不審なところはない。

「他に質問がありますか？」電卓を返してもらいながら、ティファニーは言った。

昭子は首を振った。

「もしあったらまた連絡する」

「朝には北平行きの飛行機に乗りますけど」

用件は終わった。昭子はそそくさとその場をあとにした。ホーネットがお辞儀をしたが、昭子は無視した。

AM2:45

疲れているのだと、自分に言い聞かせた。帰って眠ったほうがいい。まずセキュリティ対策のされた会議室を借りて、本庁あての短いレポートを書いた。ティファニーへの予備的な尋問から手がかりは得られなかった旨を説明した。そのあとはアーケード内を散歩しながら、何千人ものゲーマーがデジタルの戦争をしているようすを眺めた。ゲーム界の大将と称される六浦賀将軍は、最初のメキシコ暴動と次のサンディエゴ紛争で、不気味なほど正確な戦争シミュレーションを開発してみせた。おかげで軍は効果的に敵勢力を殲滅できた。ナチスがアフガニスタン騒乱を起こしたときも、六浦賀は戦略ゲームを開発して、ドイツ軍のあらゆる行動計画をそこに組みこんだ。まるでドイツの考えをあらかじめ知っていたかのようだった。彼の才能と皇国における価値はまぎれもなかった。夫人の死という事件が起きるまでは。夫人はなぜ護衛もつけずに不穏なサンディエゴ市内の市場へ出かけたのだろう。解けない謎だ。

英好からの着信記録が電卓にあった。かけなおしてみたが、英好は出なかった。もう眠っているのだろう。

帰ったほうがいいと昭子は思った。しかしまだ休む気になれなかった。アーケードを歩きながら人々を観察した。十代の少年少女がいるのはまだわかる。わからないのは年輩の客だ。なぜこんな夜中にスロットや電卓ゲームに没頭しているのか。家族はいないのか。昭子の電卓を使えば彼らの個人情報を簡単に引き出して閲覧できる。しかしすぐにそうはせず、ひそかな遊びとして彼らの人生を推測して楽しんだ。たとえば、猫として暮らすシミュレーションゲームをしている禿げ頭の男がいる。三人の子を持つ父親だと想像してみた。家庭生活に耐えきれず、猫になって怠惰に暮らす世界に逃避しているのだ。電卓で見ると、たしかに子どもが三人いた。妻は最近他界し、飼い猫も同様だった。息子二人はベトナムで従軍中で、もう一人は戦死していた。華奢《きゃしゃ》な身体つきの年輩の女に目を移す。侍ゲームで、悪霊の一種である恐ろしい神を斬りまくっている。金時計や全体的な物腰から、裕福で、若い愛人が何人もいるだろうと昭子は推測した。電卓で調べると、結婚生活は二十年以上で、子どもは二人。裕福な生活をささえる技術者の夫は、ブリタニア諸島のニューベルリンに出張中だ。秘密の連絡記録から女はあちこちのホストバーに通っていることがわかった。さらに何人かについて推測しようとしたとき、アーケード内のすべてのスクリーンが変化した。スピーカーから力強い声が流れた。

『万人が平等な世界を想像してほしい。どんな人種の男も女も平和に暮らせる世界を。中国人やアフリカ人やユダヤ人が無慈悲に虐殺されたりせず、生きつづけている世界を。われわれはいつも嘘を吹きこまれている。〝下等な人種〟は疫病で絶滅したと教えられる。文学も、歴史も、宗教さえも書き替えられている。チンギス・ハンは日本人ではない。イエス・キリストは神道の神官ではない。フランクリン・ルーズベルトは大日本帝国に自主的に降伏したのではない。アメリカは日本とドイツを抹殺しようとした悪逆非道の国ではない。アメリカは自由の国だった。幸福の追求は侵すべからざる権利と考えられていた。天皇に支配されてはいなかった。アメリカの指導者は人民によって人民のために選ばれた。なにを言い、なにをおこない、なにを書き、なにを信じてもよかった。日本合衆国は、かつて世界でもっとも偉大だった国の上に築かれたのだ。いまこそ立ち上がれ。国を取りもどせ。再建するのだ、アメリカ合衆国を』

ゲームは、日本兵が非武装の市民を処刑する場面からはじまった。数千人が虐殺された。逃げようとした者は背中から銃剣で刺され、あるいは頭を銃で撃たれた。CGで描かれた日本兵の一部は、高笑いしながら〝試し斬り〟と称して子どもたちの首を刎《は》ねた。

昭子は六浦賀のゲームのデモをあらかじめ見ていたので、これが問題のものだとすぐにわかった。ゲーマーたちは水を打ったように静まりかえり、画面に見入っている。昭子は本庁に電話して、眼前の状況を手短に伝えた。

「全スクリーンでゲームが動いている。あたしはどうすればいい？」

オペレータは本庁の命令を伝えた。

「まだ待機してください」

「しかし全員がプレイしているんだ」

「増援を送ります」

「せめてゲームを停止する許可を」

「待機してください、課員」

「しかし――」

接続が切り替わり、べつの人物が画面に映った。

「槻野課員」

「若名《わかな》将軍」

「十分でそちらへ行く」

通話は切れた。昭子は安堵した。

いくつかの電卓スクリーンでは、ゲームのストーリーである改変された歴史がくりか

え し流れている。ばかげた前提だった。帝国陸軍が従順な市民を厚遇し、民衆を積極的に助けたことは周知の事実である。付帯的損害は戦争の不幸な現実であり、無辜《むこ》の市民の犠牲者を一人も出さないということはできない。しかし大量虐殺などありえない。あるとしたら抵抗勢力とその家族だけだ。戦争遂行をひそかに手伝う人々は処罰せねばならない。彼らを無辜の市民とはみなせない。皇軍兵士を殺せと教唆《きょうさ》する危険な反体制派に、武器や食料を提供しているのだから。

ゲームのストーリーは太平洋戦争開戦前夜の決断をめぐるものだった。精密な映像表現で歴史の分岐点が描かれた。ナチス・ドイツはソ連に侵攻すると、日本帝国も三国同盟にもとづいて東方から攻撃されたしと要請してきた。東京参謀本部は仏領インドシナ(仏印)への攻撃を望んでいた。稀少な資源、とりわけ石油を獲得するためである(戦争終結とともに石油の対米依存を解消することが帝国の最優先課題になっていた)。きっかけの一つが、関東軍が初期に起こした日ソ国境紛争であるノモンハン事件で、ソ連軍のゲオルギー・ジューコフ将軍に敗退したことであった。外務大臣の松岡洋右《ようすけ》は、満州事変後に機能不全いちじるしい国際連盟を怒りの演説とともに脱退した英雄である。彼は、仏印進駐は米英の報復的参戦を招くと考え、むしろ対ソ開戦を陸軍に求めた。「流血か、外交か。もはや流血しかない」と松岡は述べた。また、ノモンハン事件の敗北はけしてソ連軍が強かったからではなく、関東軍が軽率で東京参謀本部の指導に従わなかったのが原因であると主張した。

松岡の主張は賛同を集めた。そしてドイツは厳冬期のまえにモスクワを占領し、日本はソ連東方軍を満蒙国境に張りつけて一歩も動かさなかった。翌年には日独がソ連を分割。その後の西部戦線勝利は自然の流れだった。

ゲームの『USA』では、日本は先に仏印へ侵攻するという愚かな選択をする。当然ながらアメリカとイギリスは日本帝国に早期に宣戦布告する。荒唐無稽な展開である。一九四一年に早々と日米開戦してしまうわけだが、たとえ日独共同開発の原子魚雷が完成する六年後の開戦でなかったとしても、皇国は米英を一撃で打倒していたはずだ。

一つだけ昭子が不愉快に思った部分があった。偉大な日本人であるチンギス・ハンが、中国を征服してから不運な落馬事故で亡くなるまでの運命的な物語が、昭子は昔から好きだった。そのハンが日本人ではないとされたのが腹立たしかった。やはりこのゲームはウイルスであり、根絶しなくてはならない。自分の脳裏からも追い出そう。

AM3:12

若名将軍は襟なしの黒の軍服に儀礼用の軍刀を佩《は》き、標準のケープは省略した装いだった。足をやや引きずるため象牙の杖をついている。どの指にも指輪がはまっている。軍服にずらりと並んだ勲章はメキシコとベトナムでの戦歴をしめしている。長身瘦軀《ちょうしんそうく》で頰はこけ、口髭は短く整えている。榛《はしばみ》色の瞳は詮索的だが、鬱々としたものを秘めた暴力性も感じさせる。笑みは小さく控えめで、口もとの筋肉はいつも張りつめている。軽佻浮薄《けいちょうふはく》とは無縁の人物である。

将軍の背後には兵士を満載したトラックが数台駐まっている。

槻野昭子課員は敬礼した。

「アーケード全体の閉鎖を強く進言します、将軍」

「なぜだ」

「このゲームです。拡散を防がなくてはなりません」

「これが独立した事象ではないことをまだ知らないようだな」

「存じません」

「USJのあらゆるアーケードで同時におなじことが起きている。いっせいに立ち上げられている。停止するのは出どころを押さえてからだ」

「では、今夜の爆弾事件もこれと連動した……」昭子は考えた。

若名将軍は関連について考えた。

「わたしも偶然とは思わん」

昭子は客の人々を見た。

「ゲームを止めるべきです。このままでは治安擾乱《じょうらん》につながりかねません」

「ゲーム一本で皇国の治安が乱れると思うのか？」

「そうではありませんが」

「遮断すれば逆に興味を持たれる。だめだ、調査しているあいだはシステムから排除するな」

将軍が正しいと昭子は黙って認めた。このゲームはすでに拡散している。阻止する試みはどれも失敗した。

「兵士の一隊をアーケード内に送り、このゲームをプレイしている全員を記録してまわるように命じた」将軍は言った。

「なんのためですか？　あらゆる電卓活動は自動的に記録されているので、いまアーケードにいる全員をすぐにリスト化できますが」

「威圧のためだ」

アーケード内にはいってみると、たしかに数百人の兵士が各フロアの活動を逐一記録していた。それに気づいたゲーマーたちは、兵士たちから妨害されないゆえにかえって不安をつのらせている。

昭子の電卓が鳴った。ベンからの着信だった。

「着いた。どこにいる？」

五分後にベンはやってきた。

「ひさしぶりだな、石村」若名将軍はベンに言った。

「おひさしぶりであります、将軍」ベンは答えた。

二人に面識があったことに昭子は驚いた。

「爆弾攻撃を生き延びたと聞いて安堵したぞ」

「ありがとうございます」

「この問題の解決に協力してくれ」

「努力します」

昭子はベンに言った。

「こういう作戦には大規模な機材が必要なはずだ。一年前に活動家集団がとあるゲームイベントを乗っ取ったときは、トイレの個室に仕掛けられた秘密の電卓が使われた。モールか周辺のどこかにゲームを実行しているハブがあるはずだ。配線を調べて、電力使用が急激に上昇、あるいは集中している場所がみつかれば、そこが怪しい」

「よい考えだ」若名将軍が評価した。「兵士たちに周辺を調べさせ、電力状況を確認させよう」

「あたしが調査中の女が、この出来事にも関係している可能性があります。いままで確信がありませんでしたが、この状況からすると、あらためて調べる必要がありそうです」

「だれのことだい?」ベンが訊いた。

「金古ティファニーだ」

「ここにいるのか?」

昭子はうなずいた。

「僕もいっしょに行くよ」

「きみはここにいろ」若名将軍はベンに命じた。そして昭子に言った。「きみの言うとおり、その女は関連がある。連れのグループのまえで尋問するな。まずここへ連れてこい」

昭子は将軍のまえから退がった。若名将軍は鋭い目つきでフロアの客を見つめはじめた。

AM3:41

　ティファニーはまだ歌っていた。〈バーティカル・ピンク〉という人気女性バンドの曲の歌詞を追っている。すくなくとも、部屋の外に聞こえてくる音ではそのようだ。昭子が部屋に踏みこむと、スクリーンのまわりに六人が集まってゲームの『USA』をやっていた。プレイに夢中で特高がはいってきたことに気づいていない。昭子はティファニーを三回呼んだが、こちらも隅のカラオケマシンで歌っていて周囲の声が聞こえない。

昭子はゲーム画面で日本兵が敵として殺されるのを見て激怒し、拳銃を抜いてスクリーンを撃ち砕いた。ようやく彼らは振り返った。

「お楽しみ中に悪いな。そのゲームは禁制品だ」一人の襟首をつかんで立たせ、頬を張った。「強制労働収容所に三十年ぶちこんでやろうか。貴様ら全員だ」

「戦勝記念のなにかだと思ったんです」ティファニーがかばった。

「外に出ろ」

昭子は命じて、自分から廊下に出た。ティファニーも続き、ドアを閉めた。

「遊ぶとまずいゲームだったんですか？」知りたいようすで訊いた。

「あれを過去にプレイしたことは？」

「見るのも初めてです」

「噂かなにか聞いたことは？」

「いいえ。奇妙なコンセプトのゲームだとは思いましたけど。アメリカが戦争に勝ったりしたら、世界はどんなに混乱していたか」

「上官の若名将軍がきみに会いたがっている」

「わたしに？」

「そうだ」

「なんのために？」

「質問したいことがあるそうだ」

出口へ歩いていると、顔が奇妙につやつやした金髪の女給が、数人の客に「同伴はいかがですか？」と声をかけているのを見かけた。

「あれをどう思いますか？」ティファニーが訊いた。

「マネキンみたいだな」

「人造女給です。わたしは赤毛のが好きですけどね。現実の女よりああいうのを好む男性客もいるんです」

「どうして？」

「みんな幻想を求めているんです」

店から出るときに数人の給仕が頭を下げ、またのご来店をと挨拶した。

声がバーまで届かない距離に離れると、ティファニーはとたんにつくり笑いをやめた。

「どうして彼はわたしの正体をあばくのかしら」

「なんのことだ」

ティファニーは昭子をにらんだ。

「彼から聞かなかった？」

「だから、なにを？」

ティファニーは首を振った。

「わたしは憲兵。潜入調査中なのよ」

憲兵隊、あるいは憲兵は、大日本帝国陸軍の軍事警察部門である。ＵＳＪではおもに国外の危険を担当し、国内問題を管轄する特高とは利害がしばしばぶつかる。

「あなたの訪問を一度受けたことですでに疑われているのよ。連行されたら終わりね」

「なんのことだ」昭子は訊いた。

「アメリカ人よ。抵抗勢力。知らないの？」

「聞いていない」

ティファニーは怒りのため息をついた。

「サンディエゴから脱出したジョージ・ワシントン団のグループがある。わたしたち憲兵はそれを追ってるのよ」

若名将軍は倉庫にいた。壊れたゲーム台や、保管用バッグにはいったさきほどの人造女給が並んでいる。将軍は電卓で電話中だったが、ティファニーはずかずかとはいっていった。義務的にお辞儀をして、怒った口調で訊いた。

「仲嶋将軍はどちらに？」

若名は電話を終えてから、おもむろに答えた。

「彼はシンガポールへ配転になった」

「なぜですか？」

「きみの任務は終了した」

「どういうことでしょうか。店内すべてのゲーム台でプレイされているのがなにかご存じでしょう」

若名は機械仕掛けの女給を押しやった。

「きみの正体はすでに露呈している」

「なぜそう言えるのですか?」

「石村紅功のアパートメントに爆弾が仕掛けられた。きみが彼とそこに帰ってしばらくあとに爆発した。だから特高はきみを調べた」

「なんですって?」ティファニーは反射的に言って、しばらく茫然と将軍を見つめた。言われたことがすぐに理解できないようだ。「彼は……無事なんですか?」

「そのことは当面関係ない」

「その爆弾にわたしが関係あると?」

「そうでないとしても疑いはかかる。疑いを晴らすには、きみの正体をあきらかにするしかなかった」

「仲嶋将軍に会わせてください」

「きみと仲嶋が特別な関係であることは知っている。しかしそれは終わった」

「いつ終わったんですか」

若名は立ち上がった。

「いまだ。帰りたまえ」

「北平任務はどうなるのですか？」

「中止だ。帰りたまえ」

「わたしはあなたの部下ではありません。べつの方面から命令を受けています」

「ただいまよりきみはわたしの指揮下にはいる。裏付けとなる命令もわたしは受けている」

ティファニーはためらい、抗議したいようすだった。しかし考えなおし、お辞儀をして憤然と出ていった。

「戸惑ったか？」

将軍は昭子に訊いた。そこへ二人の男性の副官がはいってきた。一人は扇子を片手に儀式的で奇妙な舞いをはじめた。両腕と両脚で白鳥のような動きをする。もう一人は、声を出さずに叫ぶようなはげしい身ぶりをしている。まるで軍服姿でのパントマイムだ。

将軍はどちらも一顧だにしない。

若名の問いが憲兵の関与をさしているのか、副官たちの奇妙な舞いをさしているのかわからないまま、昭子は答えた。

「はい、将軍」

「わたしもときどき戸惑う。陰謀の裏に陰謀があり、その裏にまた陰謀がある。糸はもつれ、だれがだれを監視しているのかわからなくなる。はてはだれも理由を知らないいま陰謀だけが永遠に続きそうに思えてくる」

「アメリカ人のシンパがいるのですか？」

「シンパはどこにでもいる。いまの憲兵の手がかりはべつの者に追わせる」若名は人造給仕の保管用バッグのジッパーを開けて、箱の蓋をとった。「これらは失敗作だ。人間の身ぶりを模倣するのは皇国科学者の予想より困難だったわけだ」

「それがなぜここに？」

「このアーケードを管理していた大佐は、さまざまなガラクタを芸術品として蒐集していた。何十年も昔の壊れたゲーム台も保管している。〝メイド・イン・アメリカ〟だからと珍重してな」べつの保管用バッグを開けた。非現実的な体形の女給だ。「わたしはハニートラップは好かん。中国人はそれを軍略の一つに組みこんでいるが、知っているか？」

昭子はうなずいた。

「中世の『兵法三十六計』ですね。美人計——自国が劣勢のときにもちいる策です」

「効果は疑わしい。偽りによって奪った勝利は、逆境でもろく崩れるものだ」女性の人造モデルの頬と首に手を滑らせた。「手触りも本物そっくりだ。これらの人造人間が将来われわれに取って代わるのかな」

「それはないと思います」

「ロボットにはロボットの困難があるだろう。ところで、きみの仮説は確認したぞ」

「といいますと？」

「ハブの装置があるはずという話だ。ベンに連絡してみろ。彼がみつけた」

「すぐに電話します」

「犯人はまだアーケード内にいると思うか？」

「可能性はあります。結果を見て満足し、ほくそ笑んでいるかもしれません」

若名は保管用バッグのジッパーを閉じた。

「メキシコ七九八部隊が、保菌した蚤《のみ》を犬につけて放っていた話を知っているか？　最初はネズミを飛行機から敵の陣地に投下していたが、死んだネズミは移動しない。そこで犬に寄生させて敵の陣地に送りこんだ。犬が死ぬと、蚤は死体から逃げ出してそこらじゅうの敵兵に移る。蚤は生体改造された腺ペストの菌を持っている。敵兵が発病して手足が腐って落ちはじめるのを待って、友軍は敵陣地を制圧した」

「防疫給水部の西洋での活動史はよく存じています」

「感染した犬をみつけるにはどうすればいいと思う？」

「犬を放っている場所をみつけることです」

将軍はうなずいた。

「相手は飢えた蚤だ。すぐに咬む。感染しないように気をつけろ」

AM4:21

外のホールでティファニーが不安げに待っていて、昭子に訊いた。

「ベンは生きてるの？」

「ああ」

ティファニーは安堵の息をついた。

「もし会ったら――」

「来てるぞ」

「どこに？」

「任務中だが、近くにいるはずだ」

「目的があって近づいたわけじゃないのよ。疑われてるだろうけど」

「べつに疑ってはいない。むしろ不思議なのは、憲兵のきみが不審な気配になぜ気づかなかったのかだ」

「事件はわたしのせいだと言いたいの？」

昭子は答えなかった。

「なぜ若名が責任者なの？」ティファニーは訊いた。

「若名将軍は高名な指揮官だ」

「彼はサンディエゴ紛争時にたくさんの理不尽な要求をして、各方面の怒りをかったそうじゃない。それでアフリカに左遷されたとか。抵抗勢力は野蛮で文化のかけらもない連中よ。爆弾犯は彼らにまちがいない。あのゲームは抹消すべきだし、製作者は公開処刑すべきよ」ティファニーは確信したようすで言った。

「同感だ。正体が暴露されて残念だったな」昭子は同情よりも軽蔑をこめた口調で言った。

ティファニーは言われてむっとしたが、反論は思いとどまったようだ。

「ベンに会ったら……わたしが謝っていたと伝えて」

「なにを謝る？」

「本当の仕事を隠していたことを」

「謝る必要があるのかな。仕事の一部だろう」

「嘘をつくのが仕事でも、好きな男をだまして心が痛まないわけではないわ」

ティファニーは軽く会釈をして去った。

AM4:52

昭子がベンをみつけたのは、アーケードから数粁《キロ》離れた盆栽専門の園芸店であった。建物は温室の形をしている。閑静な環境で、不夜城さながらのアーケードとは対照的だ。内部には照明がともっており、昭子は正面からはいった。一見して不審なところはない。しかし肥料のにおいがしないことに気づいた。肥料臭くない温室がかりにあるとしても、入り口正面に並べられた植物が展示というより目隠しめいているのはなぜなのか。サボテン、ランなどの高価な鉢植えが行く手をさえぎる。それをかきわけていくと、むこう側に大量の電卓が並んでいた。配線があらゆる方向へ延びて回路のようにつながっている。情報を送り出す電子の神経系。建物を流れるデータストリームは電子の水路だ。並んだモニターには『USA』のさまざまなバージョンが流れている。アメリカ兵が〝独立〟をめざして戦い、日本兵が次々と倒されていく。千台以上の電卓が積み重ねられて塔をつくっている。

「抵抗勢力はここでハイジャックを実行したんだ」ベンが無数の電卓を見ながら言った。

「他のアーケードの付近にもこういう仕掛けがあるはずだな」昭子は推測した。

「他の部署にも教えたから、どこかで犯人が捕まるかもしれない。十中八九、逃げてると思うけどね。僕は大勢だと気づきにくい手がかりを探してるところだ」ベンは横目で昭子を見た。「将軍から聞いたよ。ティファニーは憲兵だって。知ってた？」

「ついさっき知った」

「これで爆弾事件の嫌疑は晴れた？」

「とりあえず。しかし犯行には内部の手引きがあったはずだ」

ベンは首を振った。

「だれも信用しないんだね」

「重大な事件だからだ。貴様に謝っていたぞ」

「なにを？」

「だましたことを」

「いまさら意味がないんだけど。でもまるで、あかの他人とデートしてたような気分だよ」

「ＵＳＪではだれもが他人だ」

「そのとおりかもしれない。皮肉だな」

「なにが」

「身許がたしかなのはきみだけ。そのきみは特高だ」

「貴様はまだましだ。あたしは実の母親にも特高で働いていることを教えてない」

「なぜ教えないの？」

そんな話をベンに明かした自分に狼狽《ろうばい》して、話題を変えた。

「この電卓はどこで製造されたものかな」

ベンは一個を取り上げた。

「いい質問だね。日本製でも中国製でもないのはたしかだ。安物の材料でつくりも粗雑。追跡できる製造番号もない。ＵＳＪ製じゃないかな。たぶんアナハイムの電卓バレーだ」

昭子はごみ箱をのぞいた。吸いさしの煙草とカップラーメンの容器でいっぱいだ。まだにおいがするので最近までここにいたはずだ。ごみ分析の専門職員に調べさせ、鑑識に指紋を探させよう。

「アーケードにセキュリティシステムはなかったのか？」

「まあまあの性能のやつがはいってたよ」

「なのに突破されたのか？」

「あくまでまあまあで、最高じゃないからね。経験豊富な電卓技術者なら破るのは難しくない。さあ、アナハイムへ行こう」

「開いてるのか？　朝の五時だぞ」

「眠らない町なんだよ。でもきみは仮眠が必要なようだ。僕が運転するよ」

疲れきっていたので反論しなかった。

AM5:32

昭子は記憶を売る店にいた。外見だけもろそうな瓶に詰められた安っぽい解放のガラクタ。勘ちがいした欲望のケバブとともに焼かれる忘れられたミュージシャンの爪。趣味がよければ逃げられたであろう肥大した不満。しかし彼女の下腹はふくらみ、指先は鉤爪になり、鼻からはラテックス塗料が流れ出ている。

「起きて」声が聞こえ、冷たいものが手首にふれた。

「な……なんだ……」

「もうすぐ着くよ」ベンが言った。

昭子はベンを見て、自分がどこでなにをしているのか思い出した。

「眠ってたのか」

「ぐっすりと。夢をみてたようだ」

目をこすった。

「眠らずに動きつづけられる体にする方法を医学に早くみつけてほしいな」

「僕は夢をみる時間が一日で一番好きだけどね」

「夢を記録して無意識レベルの本音をあばく方法を一部の科学者が研究してるぞ」

「冗談？」

「本当だ」

「夢を根拠に逮捕はできないだろう」

「できない理由はない」

「夢の解釈が誤ってるかもしれない」

「そこは専門家に確認させる。残念ながら実現は先の話だ。いまは死体から記憶を抽出する研究が優先されている」

「そっちの実現性は？」

昭子は藤盛ジェンナの記憶を頭から追い払った。

「まだ初期段階だ」

「死んだら秘密を守れなくなるってわけか」

左折すると、その道ぞいは新しい娯楽番組やゲーム競技会の巨大な電卓広告でいっぱいだった。

「じきに着くよ。ところで、ここは原則的に負け犬の群れる場所で、軍人は嫌われる。悪いことは言わないから、僕の言うとおりに行動してほしいんだ」

昭子も電卓バレーは不慣れだった。

「わかった」

「まだ遠いのか？」

「体は大丈夫？」

「大丈夫ではないと思うのか？」

「ボロ雑巾みたいなようすだから」

「疲れてるのはたしかだが」

ベンは薬剤の吸入器を取り出した。

「カフェインを一回吸っておく？」

「あとでいい」

電卓バレーはテクノロジーと猥褻さがいりまじった奇妙な場所だ。華やかな電飾が流れるように明滅する新製品のデモブース。頭上高くそびえる派手な広告塔。広場は大きなショッピングセンターになっていて、多種多様な電卓と周辺機器が売られている。屋内にはいれば天井一面が巨大なディスプレーで、半裸の男優や女優が身をくねらせる広告映像が流れている。タイトなTシャツやビキニ姿の女性販売員があちこちに立ち、肌を出した男性モデルが歩きまわり、つくり笑いで売り文句を連呼する。抑圧されたリビドーに訴えるマーケティング。電卓とセックスは驚くほど相性がいい。

「どこへ行くんだ？」

「ここはこの町の表側だ。僕の昔の知りあいに会いにいく」

象やシマウマや猿があたりを闊歩している。風変わりな鳥が棚から棚へ飛び渡る。壊れたメカの巨大な脚だけが展示されている。かつてサンディエゴでアメリカ人を蹴散らした巨人の一部だ。地下には軽食のブースが並ぶ。男性能力を回復させると称するカボチャとバジルの料理。一口で舌を火傷する小さな唐辛子や、それに劣らず刺激的な赤タマネギのスパイス。万国共通のココナッツジュースにレモングラスとカフィアライムの香りをつけた飲み物が、電卓バレーを歩くあらゆる人々の胃に流れこむ。各所のキオスクには人々が集まってコミュニティ型の電卓ゲームに熱中し、疲れとストレスを忘れている。

「どうしてこんなに動物がいるんだ？」

「動物に生体電卓を埋めこむのがはやってるんだよ。肉電話みたいなものだけど、もっと深いところでつながっている。あのダチョウの群れを見て」

ダチョウが何羽かいる。丸くへこんだ頭に銅製のプレートをつけている。

「レース用だ。ホルモンの働きを活発にして制御している」

「もしかして脳も電卓か？」

「半分はね。体もそうさ」

「だれが制御してるんだ？」

「電卓知能だよ。人間と直接つながるものもある。満州国には闘蟋《とうしつ》というコオロギを戦わせる競技があって、それを人間が制御してやるんだ。人々がまるで虫になったように興奮するらしい」

「愚かな大衆にぴったりの娯楽だな」

「闘蟋は見たことがないけど、ダチョウレースは不愉快なほど暴力的だ。死ぬダチョウも出る。どんなことをしても勝とうとするから」

「主人の人間にならってるんだな」昭子は皮肉をこめて言った。

その人間たちの多くは体の一部を機械化していた。それらの義肢を数時間で最新仕様に換装するとうたう店が並んでいる。交換用の台座を腕に埋めこみ、掃除、配管、建設といった業種にあわせて先端の工具パーツを取り替えるのだ。他にも味覚を強化する差し歯や、電卓スクリーンを埋めこんだファッションネイルや、弱った感覚器を刺激する感覚強化インプラントなどが売られている。

二人は魚屋にはいった。死んだ魚のにおいが充満している。浅黒い肌のコックが肉を切り、鮭の死骸から鰭《ひれ》を落としている。貝殻や魚の骨を捨てた箱から粘度の高い汚水が漏れ出し、魚類の血とまじって床に流れている。ベンと昭子は貯蔵室らしいところにはいった。奥にべつのドアがあり、その先は階段になっている。左の壁に箱形のくぼみがあって、なかで男の上半身が直立している。それが機械的に回転してむきなおった。顔は漁網でおおわれ、頭はスキンヘッド。四角く刈りこんだ口髭がある。

「ご用はなんですか、将校殿」

「工匠《こうしょう》に会いたい」ベンは言った。

「面会のお約束は？」

「もちろんない」

「工匠はご不在です」

「待つよ」

ベンはにっこり微笑み、圓の札束を男に握らせた。

「工匠はすぐもどられるでしょう」

「ちょうど僕らが部屋に着く頃にね」

二人は長い階段を下りた。照明はけばけばしく扇情的な紫だ。

「いまのはなんだ？」昭子は訊いた。

「現代の宦官《かんがん》にいわゆる袖の下を握らせたのさ」

「人間なのか？」

「体半分だけどね」

「下半身は？」

ベンは首を振った。

「永遠にあそこにいるのか？」

「疲れたらべつの宦官に代わって休む。交代制だよ」

「どうしてそんなことをする？」

「下半身がないことが忠誠心の保証になる。この世界では重要だ」

「食事は？」

「蛋白質やその他の養分を点滴されて生きている」

「野蛮だ」

「門番としてとても快適に暮らしてるよ」

「たぶん」

「賄賂をとってか？」

「通行料さ」

「いくら渡したんだ？」昭子は腕組みをして訊いた。

「知らないほうがいい」ベンは上着についた糸くずを払った。

「彼らは苦痛ではないのか？」

「再生ジェルのおかげで天に昇るような気分らしい。そしてきみや僕には想像もできないほど裕福だ」

「金より重要なものがあるだろう」

「ここにはないね」

二人はロビーにはいった。煙草の煙が充満する三日月形の部屋には、酒類のディスペンサーが並び、裸の給仕が客の注文を聞いていた。ガラスの壁は一部が磨りガラスで、人間の動きがシルエットになって映っている。何組かの裸の男女が動物をまじえて乳繰りあっているらしい。部屋では一人の女が筋肉質の男に情熱的にキスしている。男は顔がプラスチックで、いわゆる人造給仕とおなじ種類だ。女は香水がきつい。どんな悪徳も独特のにおいがある。ドラッグ、煙草、倒錯的セックス、アルコール。仄暗い偏執が放つ不快な臭気が、意志の薄弱と耽溺《たんでき》の無力によって攪拌《かくはん》されている。

「電卓が圏外だ」昭子が言った。

「外部接続は遮断されているよ」

「なぜ」

「工匠の命令だ。有効なのは内部接続のみで、僕らにアクセス権はない。彼はここの王なんだ」

「王？」王領に侵入していると思うと昭子は不愉快だった。

「彼は残虐趣味なんだ」

「どうやって知りあった？」

「サンディエゴでね」

「軍人だったのか？」

「優秀な、ね。僕は必要なものを手にいれたらすぐに退散するつもりだ。きみは気にいらないだろうけど、この小さな帝国は彼のものだよ」

「どういう意味だ」

広間にはいった。天井は凸面で、壁は白く、浅い池が光を反射している。まわりにグロテスクな動物の彫像が並んでいる。広間は軸対称の寺院の構造を思わせた。水面には睡蓮《スイレン》が静かに浮かんでいる。昭子は建築様式について意見を言おうとしたが、そのまえに、なにかおかしいと気づいた。本物そっくりの彫像群のなかで、裸体の女がふいにまばたきした。数秒の困惑ののちに、彫像に見えたのはすべて生きた人間だと理解した。鉄の拘束帯で縛られている。鉄の棒で突き刺され、あるいは鋼線で血管と筋肉を巻かれた者もいる。痩せ細った男はすべての関節から金属製の爪が飛び出し、黒い刺青の線がそれらを結んで、まるで苦痛の星座のようだ。ある女は肌を数百の碁盤目に切られ、金属と肉の市松模様にされている。ある者は背骨が背後にねじ曲がり、ありえない三百六十度回転をしている。さらに喉頭の代用部品と数千本の針で顔を固定されている。これらは義肢技術の濫用を祝福する彫刻だ。池の反対側には祭壇があり、その奥に円柱の並ぶ通路が延びている。祭壇の隣には、長い首の先が人間の顔になったキリンと、人間の体を持つ犬がいる。フラミンゴの翼と脚を持つ女もいる。人と動物の混成種。不気味なのは、彼らの体は固定され、目だけがきょろきょろと動いているところだ。

　池のむこうで一人の男が瞑想していた。外見はごく平凡だ。醜くもなく、ハンサムでもないアジア系の顔立ち。人ごみにはいったらすぐにまぎれてしまうだろう。髪型も特徴がなく、乱れない程度に櫛《くし》をいれているだけ。青いローブを着て、無表情だ。のぞいた黄色い乱杭歯は大きく隙間があいていて、底なしの食欲がつくった鍾乳石のようだ。

「世界初の自然史博物館は、伝承のノアの方舟だという説を聞いたことがあるか？」男は尋ねた。声も抑揚がない。

「いいや」

昭子は答えた。ベンのほうを見ると、質問を無視して池に手をつけている。男は続けた。

「人間は独立システムによってつい最近つくられた有機的機械にすぎないという説を唱える狂信者もいる」

「天皇は神であるという皇国の知識に反するな」

「だから狂信者の説だと言っただろう。わたしはまえまえから思っているんだ。ノアは動物を呼び集めるべきときを正確に予測した、聖人化された天気予報者ではないかと」

「ノアはアメリカ人がこだわる愚かな迷信の一部だ」

「世界のあらゆる古代文明には洪水伝説がある」

「日本にはない」

「なぜかな」

「日本は世界の頂点だからだ」

「われわれは世界で初めて土器をつくり、八百万《やおよろず》の神々と調和して生きてきた。西洋人に太平の眠りを破られるまで」

「工匠、あたしは歴史の講義を聴きにきたわけではない。ある電卓をみつけて、それが──」

「目的は知っている。電卓の仕様は石村からのメッセージで届いている」

工匠は池に足を踏みいれた。ローブが濡れるのもかまわず、池の上に逆さ吊りにされた男に近づく。首から短剣型の装置を取り、そのとがった後端にあるボタンを押した。するとと逆さ吊りの男は泣きだした。

「なぜ泣いてるんだ？」昭子は訊いた。

工匠は大笑いした。

「興奮してるのさ。刺激が強すぎて悶えてるんだ」

「興奮？」

「こいつのズボンを見ろ」

股間がふくらんでいる。

「体内のあらゆるホルモンをこのコントローラーで制御できる」工匠は言った。「強烈に飢えて、きみの喉を歯で食い破るようにもできる。十四年前につまらない相手に話した愚かな一言を後悔して、目玉を掻きむしらせることもできる」

「どこでそれを入手した？」

「技術の大半を手にいれた場所――陸軍さ」工匠は説明した。「サンディエゴは楽しかったよな、ベン。おまえは電卓と数字遊びに夢中で、こういう趣味はなかったが」

昭子は振り返ってベンを見た。しかしベンは水面を見つめたままだ。注意を惹こうとしたが無駄だった。

「わたしは彼らを大切にしているぞ」工匠が言った。

「彼らって？」

「このペットたちだよ。裏切り、あるいは盗もうとした者たちだ。たんに気にいったからこうしたやつもいる。みんな死ぬはずだった。そこでこの選択肢を提示した。つまり契約で縛られている。鑑賞する価値のあるアートとは、生きたアートだ。日ごとに変化する。普段なら気づかない人間の性癖の多様さを認めざるをえなくなる」

「なにを学んだ？」昭子は不審げに訊いた。

「人間はそれぞれ一個の宇宙を持っているということだ。体内に血球をめぐらせ、臓器を動かす神だ。この宇宙は、無限にあるなかの一個の個性的な宇宙だ」

「宇宙は生き物だと言いたいのか？」

「多のなかの個であり、いずれ死ぬ。つまらないもののために争っている。日本政府が戦後、キリスト教の非合法化を検討していたことを知っているか？」

「知ってる」

「では、踏み切らなかった理由も知っているだろう」

「負けた神にはどうせだれもついていかないからだ」

「神々の交代は日常茶飯事だからな」

「わたしのいまの関心事は、この電卓の製造者だ」

「きみの関心事はよくわかっている。かわりにきみはなにをくれるんだ？」

「貴様の助命でどうだ？」

昭子はベルトのウイルス銃を握った。

「わたしはそのウイルスに免疫がある。もっと有効な武器を使え」

「これは最近開発された新型で――」

「わたしは第九陸軍技術研究所に勤務していた。最新の殺人光線、風船爆弾、人間型メカ、ジェット戦闘機搭載の潜水艦、ペンの大きさの原子魚雷、想像を絶する疫病などの開発にたずさわった。きみの脅しがその程度なら、出ていってくれ」

第九研究所は皇国で最重要の秘密施設である。工匠が持つ技術を見れば、その話を信じざるをえない。

「なにが望みだ」昭子は訊いた。

「この情報をどの程度必要としているんだ？」

「皇国の公安にかかわる」

工匠の目が光った。

「体がほしい」

「体？」

「死体だ。あわれな女の死体を実験に使ったようじゃないか」

知っているのか……。

「彼女はジョージ・ワシントン団の一味だったんだ」

「GW団はきみの首を狙っている。そいつらの情報を教えてやってもいい。かなりの人数がサンディエゴの拠点から出てきている。彼らの所在と引き替えに要求するのは、八人の感染者だ。死体でもいいが、冷凍の生体ならなおいい」

「あたしが最近殺したのは一人だけで、その死体は生物課に持っていかれた」

「合衆国の敵は他にもいるだろう」

「手にいれて、どうするつもりだ」

「死体には市場がある。特高の拷問による死体となればプレミア品だ。こちらは血液サンプルを採ってウイルスデータを保存する。利用価値があるからな」

「利用なんてだれが？」

「残虐刑の奥義を求める趣味人たちさ。わたしは人間と動物の混成種をつくっている。もっと多くの例を並べたミュージアムが他の場所にある。文字どおりの人魚やケンタウロスをつくった。魅力的な作品だ。しかし被害者の生体構造とその展開を再構成するウイルスの見事さには、どんな手術もおよばない」

逆さ吊りの男はまだ悲鳴をあげている。かん高い叫びが続く。昭子は初めて拷問した男のことを思い出して、ふいに胸が苦しくなった。その男も悲鳴をやめなかった。記憶が呼び起こす刺すような感覚をやわらげようと、鼻のつけ根を揉みながら工匠に頼んだ。

「こいつを黙らせてもらえないか」

「なぜだ？　きみたち特高はだれよりもこういうのを好むと思っていたが」

「好むわけがないだろう」何年もまえに尋問中に死んだ男のことを思い出しながら言った。「貴様はサディストだ」

「このわたしがサディストとは、特高課の課員はとんでもない偽善者だな」

「貴様と共通点などない」昭子は怒って言ったが、否定できないとわかっていた。「貴様は醜悪で――」

「言葉に気をつけろ。軍人待遇にも限度がある」

「そうやって生き延びてるわけか」

「おたがいに天皇陛下の僕だ」

「陛下の名のもとにわたしが何人殺したと思う？　きみは陛下にへつらって満足しているだろうが、わたしはちがう」

「貴様はちがう」

男の悲鳴はやまず、ついに喉から出血しはじめた。

「黙らせないなら、自分でやるぞ」

昭子は警告しながら、自分が担当した最初の被疑者のことを思い出していた。拷問を中断して二時間たってもまだ悲鳴をあげていた。黙らせられるなら殺したかった。しかし上司は許さなかった。まだ情報を吐かせきっていないとして、尋問を続けさせた。

「アメリカ人でもわたしに命令する者はいない。帰りたまえ」

あのときの上官の口調を昭子は思い出した。

「帰れだと？」

「聞いたとおりだ」

昭子はウィルス銃を抜いて、逆さ吊りの男の額を撃った。男は感染した。ようやく訪れた沈黙に、昭子は大きく安堵した。

工匠は激怒した。

「なんてことをしてくれたんだ！　改造に大金がかかってるんだぞ！」

「これで死体一つ。残りは七つ。そうだな？」

「自分の死刑宣告にサインしたとわかっているか？」

「貴様は利己的な目的で公共の備品を濫用した国賊だ。ゆえに逮捕する」

「わたしを逮捕したら自分の身が危ないぞ。東京の参謀本部にも友人がいるんだ」

昭子は背骨が三百六十度曲がった女にウイルス銃をむけ、撃った。

「やめろ！」工匠は怒鳴り、昭子に駆け寄った。

ベンは状況が暴走しはじめているのを見て、割ってはいった。

「そろそろ現実的な話をしてもいいかい？」

「この女はおかしいぞ。やめさせろ！」工匠は言った。

「ジョージ・ワシントン団はどこにいるんだ？」

「ここへむかってる」

「どうして？」

「おまえがここにいることを話した。非協力的だった場合にそなえてだが、正しい用心だったようだ」

「着くのはいつ？」

「まもなくだ」

「必要なら死体の手配を――」

ベンが言い終えるまえに、昭子は工匠につかつかと歩み寄って、その手からコントローラーを奪った。工匠は忿怒《ふんぬ》の表情になり、昭子の顔に唾を吐きかけた。ニンニク臭い吐息がかかる。

「槻野課員！」ベンが声をあげた。

特高としての昭子はそれを無視して、短剣状のコントローラーの先端を工匠の首に突き刺した。喉が破れて血が噴き出す。工匠はあえぎ、なにか言おうとしたが、すでに気道が血でふさがっていた。よろめき退がり、水面にあおむけに倒れた。太平洋の青が朱色に染まり、急速に汚れていく。

「なんてことを！」

ベンは叫んで駆け寄り、工匠の土気色の体を調べた。

昭子は顔にかかった唾をぬぐった。

「陛下を侮辱したからだ」薄弱な言い訳だが、かまわない。

「戦争功労者で、軍幹部へのコネがある人物だぞ」

「あった、だ。ここでは国賊として処断した」

「でも――」

「まわりを見ろ！　こいつは異常者だ」

「それとこれとは……」ベンは反論しかけて、やめた。

「それとこれと、どうなんだ？」

「もういい」

昭子はベンを小突いた。

「あたしの行動はすべて陛下の御為だ」

「わかってる」

「本当にか？」しかしその問いの対象はベンばかりではなかった。

「ああ」

「本来なら貴様を怠慢と怯懦《きようだ》の罪で連行するところだ」

「なぜ？」

「こいつが陛下の神性を疑問視した時点で殺すべきだった。そもそもこの行為を報告すべきだった」

昭子はそう言いながら、本心ではまたしても自制を失った自分に怒りを覚えていた。

「彼がどこでこんな趣味を覚えたと思う？」ベンが言った。「サンディエゴで職務として拷問役をやってたときさ。そしてこの場所はＵＳＪに承認されている」

「貴様は彼を王と呼んだ。王と！　皇国に陛下はお一人だ。このバカは臣民にすぎない。本来なら反逆的な言説で貴様を告発すべきところだが、他意はなかったと思って口をつぐんでやる。長生きしたければ言動をつつしめ」

「悪かった。あれは言葉のあやで――」

「黙れ、石村。あたしの管轄権はＵＳＪを凌駕している。特別高等警察は〝陛下の警察〟と呼ばれる機関だ。なにか文句があるか？」

「いいえ、課員。申しわけありません」

昭子は振り返って、生きた彫像の群れを見た。ベンも芸術の名を借りた残虐行為の数々を見た。

「信じられないだろうけど、昔の彼は温厚だったんだ。拷問役を命じられてからおかしくなった。そして親友の将校を拷問させられた。ＧＷ団に通じたスパイ容疑をかけられていたんだけど、じつはそれは誤解で無実だった。でもわかったときには脳と睾丸《こうがん》をえぐり出されていた。それ以来、工匠は変わった」

昭子は工匠の死体を見た。浅い池の水面に映る自分の顔は見ないようにした。

「脱出したら、すみやかにここを閉鎖する」

「閉鎖できたらね」

「どういう意味だ？」

「きみを疑問視するわけじゃないけど、こういう場所は残りつづけるものだよ」

「貴様にできなくても、あたしはできる。警察署長はあたしの言うことを聞く」昭子は断言した。

「だといいね。GW団のことはどうする」

「若名将軍に連絡して増援をよこしてもらおう」

ベンは電卓を見た。

「まだ圏外だ」

「どうやってここから出る？」

「セキュリティがまだ気づいていなければ、来た道を逆に通るんだけど」

昭子は祭壇の奥にある扉を見た。

「あのむこうは？」

「知らない」

昭子は狭い通路に駆けこんだ。両側にドアが並び、どれも施錠されている。銃を使おうとする昭子を制して、ベンは電卓からデジタルキーを操作してナンバー錠を解除した。

最初の部屋には、痩せ細って首を切り落とされた二人の男の体があった。意外なほど清潔で身だしなみを整えているが、痩せて骨が浮いている。二番目の部屋は冷凍庫のように冷えきっていた。六人が固まって恐怖で震えている。

「きみたちは自由だ、逃げろ!」昭子は言ったが、彼らは動かない。昭子は天井にむけて発砲した。「出ろ!」

「出てどこへ行けばいいんだい?」

「俺たちは工匠との契約がある」

「彼が保護者だ」

「工匠は死んだ」昭子は教えた。「さっさと出ないと、あたしが貴様らを殺すぞ」

ようやく六人は逃げていった。骨と皮だけの囚人たちが出口に殺到するようすを、ベンは痛ましげに見た。

「どうした?」昭子はベンに尋ねた。

「あの人たちがね」

「まだあと八部屋ある」

そのうち五部屋は拷問器具が詰めこまれていた。親指締め器、鉄の処女、さらし台、牛追い棒、拷問台、中国の夾棍《きょうこん》や拶指《さつし》。血管とリンパ管を逆流させる車裂き刑用の車輪もある。これらの器具を使えばどんな熱烈な異教徒でも悔い改めるだろう。それでも回心をこばむなら、さまざまな拷問器具のあいだで死ぬだけだ。最後の三部屋は迷路だった。工匠はここで被害者たちをもてあそんでいたのだろう。

「せかすつもりはないけど、そろそろ先へ行こう」ベンが言った。

二人はロビーにもどった。ベンは緊張していかにも不安げだ。昭子は憤然として大股に歩き、片手を銃にかけている。

「銃は持ってるな」昭子はベンに確認した。

「命中させるのは上手じゃないけどね」

「騒動が起きたら、とにかくかまえて撃て」

ベンは指を銃のホルスターにいれた。

「電卓の電波がはいるところまで上がればお役に立てるんだけど」

ロビーでは、酔客のグループが犬の交尾を見ながら笑っていた。ある女は自分とおなじ大きさのピンクのテディベアを抱えている。昭子とベンは階段を上がって、最初に会った宦官のところへもどった。

「工匠が契約者を解放するとはおかしいですな」宦官が言った。

昭子はまた撃とうとしたが、ベンはその手を押さえてゆっくりと下げさせた。そして宦官に言った。

「僕らは飽きられて帰れと言われたんだ。あとはお邪魔だからね」

二人は魚屋にもどった。

「いったいどういうつもりだ？」ベンは詰問した。

「金輪際あたしに手をふれるな」昭子は警告した。

「出会う相手を片っ端から殺すつもりかい？」

「生きてるからそんなことが言えるんだぞ。電卓の電波ははいったのか？」

ベンは若名将軍に電話しようとしたが、そのとき背後からだれかにつかまれた。ベンは肘で押しのけようとした。しかしそこにあったのは分厚い筋肉の壁で、ベンの力ではびくともしなかった。ステロイドで盛り上がった力こぶを血管がつないでいる。

「離せ。でないと撃つぞ」昭子が警告した。

つかんだ男は無視して、ベンの首をへし折ろうとしている。昭子は男の肩に一発撃った。衝撃で男はよろける。昭子は突進して男の腹に蹴りをいれた。男はうめき声を漏らし、顔をしかめてあとずさる。昭子はその腕をつかんで背中でねじり上げ、折れる寸前で止めた。しかし男が抵抗したので、結局折った。男は苦痛で叫ぶ。それを床に蹴倒し、銃を突きつけて訊いた。

「だれに頼まれた？」

男は答えない。

昭子は男の爪先のすぐそばを狙って撃った。

「訊くのはこれが最後だ。だれに頼まれた？」

男は黙したままだ。昭子はそのふくらはぎを撃ち、血と肉をはじけさせた。男は苦痛で吠え、立ち上がろうとする。しかし昭子はその胸を踏んで動かさない。

「殺しはしない。ただ、脚が罪をなすなら切り落とせという教えがあたしの信条だ。残り一生不自由な体にしてやるぞ。腹に穴を開けて、便所へ行くたびに痛い思いをさせてやる。目玉を両方くりぬいてやる。頰に銃弾を撃ちこんで、女がそれを見たら――」

男の腰のあたりの床に小便の池が広がった。

「きたないな――」

昭子は跳んで退がった。すると、後頭部に冷たくて丸いものが押しあてられた。銃口だ。

「銃を捨てろ」声が言う。

昭子はさっと振りむいて銃を奪い取り、それで相手の頭を横殴りにした。相手は女で、床に倒れた。そこへさらに三人の敵があらわれた。昭子は突進し、一人は股間を、もう一人は頭を、最後は脇腹を蹴って全員を倒した。しかしさらに十人以上がなだれこんできた。それぞれ自動拳銃や警棒を手にしている。

昭子は逃げ道を探した。しかし四人から警棒型のスタンガンを押しつけられ、床に崩れ落ちた。電撃で意識が飛んだ。

PM12:15

昭子は上官たちの並んだ部屋で面接を受けているとき、放屁《ほうひ》した。あまりに強烈で椅子に穴があいた。上官たちが吹き飛ぶほどの勢いだった。自分ではないと否定したくなった。しかし鼓腸ガスの暴発と被害の大きさが恥ずかしくてたまらない。腹はゴロゴロと鳴りつづける。どうすればいいのか。将来の昇進に影響するのではと心配していると、目が覚めた。檻にいれられていた。人間ではなく猿をいれるような狭い檻だ。薄暗いなかで、まわりに同様の檻が何十個もあるのが見えた。昭子の記章は剝がされ、武器も取り上げられていた。

「やっと気がついた？」

「石村か。ここはどこだ？」昭子は訊いた。

「ジョージ・ワシントン団に捕まったんだよ」ベンが隣の檻のなかから答えた。

「なにがあった」

「待ち伏せされたんだ。ＧＷ団の指導者のマーサ・ワシントンはきみに怒っているよ」

「あたしに？」

「陛下へのきみの忠心と誠実さを疑うつもりはないけど、彼女を挑発したり、口実をあたえて状況を悪くすることは言わないほうがいい。相手の知りたいことをしゃべれば、手荒な扱いは受けない」

「降参しろというのか？」

「返事のしかたに気をつけようと言ってるんだ」

「あたしは真実の神である陛下の僕《しもべ》だ」

「彼らも大昔に死んだ西洋の過酷な神の僕だ。そういうものだよ。ただし、彼らはまだその神を信仰してる」

「やつらの神は民を見捨てた。だからわれわれが勝ったんだ。あたしは職務にふさわしい威厳と責任を持って行動する」昭子は宣言した。

「そのへんの話はおかしいんじゃないかとときどき思うよ。神とか、そのご下命《かめい》とか、神の名を借りて人々がやることとか。本当にそれをお望みなのかな。たとえばサンディエゴだよ。陛下が事情を詳しくご存じだったら、あそこで軍がやったことを望まれたかな？」

「そういう話をこれ以上続けたら、ここを出たあとで貴様をこの手で処刑してやる」

「出られたら、ね。僕はもう長い苦痛の死を覚悟してるよ。特高のきみが秘密の脱出手段を知っているならべつだけど」

「たとえ手段があっても、貴様のような国賊はおいていく」昭子は本気で言った。

「僕もきみも、最後は彼らが聞きたいことをしゃべるだけだ。本当さ。サンディエゴで見てきた。抵抗すればするほど彼らは拷問を楽しむ。抵抗は無駄だ」

「名誉ある抵抗だ」

「きみが女性を処刑したのは……たしかまだ昨日のことだけど、彼女に名誉はなかったのかい？」

「国賊に名誉などない」

「抵抗しきれると思ってる？」

「もちろんだ。陛下を裏切るくらいなら潔く死ぬ」

「きみが死んでも皇国の利益にはならないよ」

「貴様は生きていてすら皇国の利益にならん」

「僕は皇国一の忠士だ」

「いまはちがう」

「僕の忠誠心をきみから疑われるすじあいはない」

「両親を告発したから疑問の余地はないと言いたいのか。昨年だけでいったい何人の子どもが親を告発したと思う？」

「僕の犠牲を評価してもらってうれしいね」

昭子は憤慨した。

「貴様は上司から厄介者とみなされているんだぞ。仕事に無頓着だと。同僚からも多くの指摘が寄せられている。仕事が遅い、欠勤が多い、勤務態度が不適切」

「職業倫理に欠けることは否定しないよ。遊ぶほうが好きだということも」

「無能力は極刑に値する罪だ」

「だったら僕をふくめて皇国人口の四分の三を処刑すればいいさ。それで満足かい？それとも迫害対象がいなくなって不満かな」

「不運に遭遇して大胆になったようだな」

「たんなる不運じゃない。きみの軽率な行動のせいで今夜殺されるんだから」

「どこが軽率だ」

「工匠のことさ」

「貴様を救ってやったんだ」

「それは感謝するよ。でもこれから受ける拷問を考えたら、一息に首の骨を折られたほうがよかったね」

「臆病者！」昭子は怒って声を荒らげた。

「臆病だろうと勇敢だろうと、これから拷問されることに変わりはないんだ」

昭子は、拘束されているのも腹立たしかったが、この状況に対するベンの態度がもっと腹立たしかった。自分は特高課員だ。どんな拷問にも耐えるよう訓練されている。

「やつらはあたしからなにを聞き出したいんだ？」

「わからない」

「貴様からなにを聞き出したいんだ？」

「僕には関心なさそうだった」

「六浦賀将軍も賊の一味なのか？」

「そういうわけじゃなさそうだ。彼らも詳しいことは話さないからね。ただ、昨夜の爆弾事件の首謀者はこいつらだと思う」

「理由は？」

「マーサ・ワシントンが来て、どうやってあの爆弾を逃れたのかと僕に訊いたんだ」

「貴様の電卓から外部へメッセージを送れないか？」

「無理だ」

「ここはどこだ」

「見当もつかない」

照明がともった。足音が近づき、全身に星条旗の刺青をいれた白人の女が大股に歩いてきた。身長二米《メートル》以上ある。頭は丸め、肌は強靭な筋肉で盛り上がっている。緑の作業着の上に黒い毛織りのジャケットをはおっている。うしろに連れた取り巻きは人種も性別もさまざまだ。

「おまえがジェンナを殺したのか」女は昭子にむかって怒鳴った。

「そういう貴様はだれだ」

「マーサ・ワシントンだ」

マーサ・ワシントンについては、信じがたい武勇伝を昭子は報告書でいくつも読んでいた。サンディエゴ紛争では胸に十発の銃弾を浴びながら、まるで小さな散弾かなにかのように平然とし、反撃して相手を殺したという。暴力と苦痛を中心とする集団であるため人数が少ないGW団の議会において、第三の要人とされている。苦痛がかきたてる日々の怒りを糧に人々を率い、生き延びてきたのだ。

「ジェンナはどうなった?」マーサは質問した。

「死んだ」昭子は答えた。

マーサの顔が怒りにゆがんだ。

「わかってる。どのように？」

「尋問途中で絶命した」

マーサは昭子のウィルス銃を持ち上げた。

「これで殺したのか？」

昭子はうなずいた。

「ジェンナは今回の件にかかわってない」マーサは言った。

「パロスベルデスで天皇陛下の忠士を貴様らが多数殺した事件で、あの女は協力者だった」

「この銃で撃たれるとどうなるんだ？」

「苦痛に満ちた死を遂げる」

マーサは銃をかまえ、昭子を撃った。明るい緑の線が昭子に当たった。昭子は傲然と顔を上げて言った。

「貴様らがこの場で投降するなら、慈悲深い死を約束してやろう」

「なぜおまえには効かない？」マーサは訊いた。

「ワクチン接種ずみだからだ」

マーサはにやりとした。

「やはりな。おまえのような手合いには、べつの処罰方法を用意してある。しかしわたしたちは慈悲深き神を信仰している。許しを請い、特高のアクセスコードを明かすなら、すぐに死なせてやる」

昭子は嘲笑的に鼻を鳴らした。

「貴様など怖くない」

「そうか」

三人の男が檻を開け、昭子を引っぱり出した。昭子は抵抗しなかった。姿勢を正し、誇り高い足どりで外へ出た。

「もう一人も出せ」マーサが命じた。

「しかし、そいつは六浦賀が——」男の一人が反論しかけた。

「わかってる。いいから連れてこい」

PM12:55

そこは倉庫で、木箱が山積みになっているあいだの通路を歩かされた。ロゴに見覚えはなく、壁にも場所がわかる手がかりはなかった。人々はこちらをにらんでいる。看守たちとおなじく人種はさまざまだ。昭子は脱出したら逮捕しようと、一人ひとりの顔を可能なかぎり記憶した。みんな無言で物音もたてない。

透明なプラスチック板でおおわれた穴のそばに来た。隅に施錠された蓋がある。プラスチック板の下でうごめいているのは、蟻の大群である。うじゃうじゃと無数の蟻がいる。有機物の塊がいくつかあり、それを中心に虫の渦ができている。頭蓋骨がいくつかころがっているのが見てとれた。肉片は残さず食われている。蟻のキチン質の胸部がぶつかり、こすれ、口器をキリキリと震わせる音が響きあう。積み上げ、嚙み砕き、呑み下す不気味で不快な音の波。気管が呼吸し、背動脈が血リンパを全身へ送り出す。その言語は単純明快。食う、食う、食う。人種も性別も宗教も文化も信条も区別しない。

ベンが昭子に言った。

「彼らが知りたいことを話すんだ。アメリカ人の神は悔い改めた者を許せと命じるから」

「真に悔い改めた者だけだ。リップサービスは受けつけない」マーサが言った。

「あたしは悔い改めない」昭子は言った。

マーサはうなずいた。

「正直でよろしい」蟻の群れをしめす。「こいつらはかつての南米が原産で、日帝と戦う抵抗軍が生体改造し、特別に育種した。人肉が大好きだから〝人食い蟻〟と呼ばれてる」

看守の一人が昭子の背後に近づき、その手を押さえた。もう一人が腕に注射器を突き立てる。昭子は振りほどこうとしたが、がっちりと押さえられていた。

「人ひとりをどれくらいの時間で食うと思う？」マーサが訊く。

「さあね」

昭子は筋肉がこわばり、脚が動かなくなるのを感じた。腕を上げようとしたが、すでにぴくりともしない。

「人によってちがうんだよ。人間は一人ひとり味が異なり、蟻にも好き嫌いがある。おもしろいことに、蟻は人を人と思ってない。自分たち以外の生き物の概念を持たないんだ。そして凶暴だ。奴隷を使い、群れ同士で戦争する。普通ならまずおまえを尋問するところだけど、今回その必要はなさそうだ」看守に合図した。「特高は拷問するときにどう言うんだったかな。〝右手が罪をなすなら切り落とせ〟、か？」

「待ってくれ！」ベンが叫んだ。「彼女を許してやってくれ。かわりに僕がなんでも話すから」

「しゃしゃり出るな、石村！」昭子は怒鳴った。

「きみを蟻に食わせるつもりなんだぞ！」

「蟻くらい怖くない」

「大日本帝国の医学水準の高さには驚く」マーサが言った。「なんでも治せる。ただしその代償はどうか。どれだけの数の患者が解剖され、あらゆる種類の病気を植えつけられたんだ？　彼らの死から学んで、日帝の医者たちはすべての病気を治せるようになった。それを正当化できるのか？　数百万人が救われ、いまも救われているが、そのために数万人が悲惨な死を遂げた。そこまでして生きたいとはわたしは思わない」

「貴様が弱いからだ」昭子は言い放った。

「良心を弱さだと言うなら、そうだろう。こいつの手をいれろ！」マーサは大声で命じた。

昭子は、体の随意筋は動かせないものの、顔はまだ動かせた。二人の看守が透明な床の蓋を開け、昭子をしゃがませて、その右手を蟻の穴に突っこんだ。筋肉は動かないが、感覚はある。蟻が群がるのを感じた。昆虫の口器が探り、咬む。小さな苦痛が増幅する。散発的な咬傷があわさって激痛になる。耐えがたい痛みに襲われる。指が食われ、皮膚が切り裂かれ、筋肉に、腱に、靭帯に蟻が侵入する。

「どんな感じだ？」マーサが訊く。

昭子は拳で地面を叩きたかった。もがいて手を穴から抜きたかった。しかし手は固定されたように動かない。なのに蟻が手首に這い上がるのは感じる。そのようすを見たくないが、目をそらせない。恐ろしいことに、指があったところは黒い塊になっていた。爪がすべて剝がれて運ばれている。そのうちの二枚は真っ赤だ。気が遠くなった。マーサの隣に、その姪の藤盛ジェンナの姿が見えた。ウイルスで変形し、顔がぶつぶつとふくらんでいる。

「これまで何人殺したの？」ジェンナは訊いた。

憶えていない。十四人か。工匠をいれて十五人だ。

「たいした数じゃない」昭子は答えた。

「なぜ殺したの？」

「皇国の任務だ」

「彼らは死ぬ必要があったの？」

昭子は返事をためらった。

「なぜ殺したの？」ジェンナは憤然として訊いた。

「わからん」

「わからないの？　それとも言いたくないの？」

「やつらは国賊だった！」

「なぜわかるの？」

「みんな証拠があった」

「わたしも？」

昭子はため息をついた。

「貴様は殺すつもりじゃなかった。事情を聴取すればいいと思ってた。しかし本庁から命じられた」

「なにも考えず服従したの？」

「神への反論は冒瀆だ！」

「真実の主張でも？」

「なんのことだ」

「あなたたちの神は子ができない。あなたたちの神はいずれ死ぬという話よ」

「八百万の神は死なない」

「でもわたしたちの神の概念を殺そうとした。それはよくて、自分たちの神は――」

「なにをぶつぶつしゃべってる」マーサが昭子に言った。

昭子の手はすでに蟻の穴から出されていた。ようすはあえて見ない。

「悔い改めたか？」

昭子は相手をにらみつけた。

「あたしは陛下のために潔く死ぬ」

「それが希望らしいな。しかし許さない。おまえが人々を裁いたのとおなじやり方で、おまえも裁かれるんだ。左手をいれろ」

昭子の脳裏に母親の姿が映った。試験勉強している昭子のために夜遅くまで起きて、眠くならないようにとパンと紅茶の夜食を用意してくれた。娘はオアフ島の山本音楽学校を受験するものだと思っていた。しかし昭子は何時間もバイオリンを練習するのがいやで、ひそかにバークレー陸軍士官学校を受ける準備をしていた。母親は昭子が眠るまえにその指にオリーブオイルを塗ってマッサージするのが日課だった。時間の無駄だと昭子はわかっていたが、逆らわなかった。

「左手はやめろ」昭子はマーサに言った。

「どうしてだ?」

「左手をいれるな」

「おなじことだろう」

「なぜひと思いに殺さない? 貴様らは虫けら同然の国賊だ。軍が攻勢に出れば、貴様らはもっとひどいめにあうぞ。這いつくばって命ごいをしても、腹を引き裂かれて——」

しかしいくら言っても彼らは怒らなかった。言葉が届いていない。むしろ残忍な愉悦の笑みを浮かべている。昭子は理解した。拷問の対象が壊れかけているからだ。昭子がののしりわめき、なにより絶望しているからだ。

なすすべなく看守によって左手を蟻の穴にいれられた。蟻が群がるのを感じた。数千匹がたかり、勢いよく食いはじめる。皮膚のにおいが蟻の食欲をかきたてる。苦痛が燃え上がり、昭子の全身から汗が噴き出した。母親から毎晩手を洗ってもらったことを思い出した。もうバイオリンで一曲も弾けないことを恥じた。指が蟻の口に切り刻まれ、痛みがはげしくなる。

「やめろ！　やめてくれ！」

「悔い改めたか？」

昭子はためらった。

「悔い改めたか？」マーサはくりかえす。

昭子は首を振った。自分は特高だ。皇国の特別高等警察課の課員だ。これしきで屈服するわけには――

「腕ごと深くいれろ」マーサは命じた。

「やめろ、やめてくれ」

「拷問される相手がどんなふうに感じるか、おまえは考えたこともないだろう。訓練で苦痛を味わったり、水で溺れたりはしてるだろうけど、一時のことだとわかっていたら意味がないんだ。その手で二度とだれも拷問できないようにしてやる」

「この手は母が――」

「おまえの母親がなんだ！　ジェンナの両親を考えてみろ。娘の亡骸《なきがら》さえ帰ってこなかったんだぞ」

まわりで見ている者たちの顔にも同情はない。

「出血が多くなってきましたぜ」だれかが言った。

「止血しろ」

昭子の左手が持ち上げられた。肘から先が肉を食われて骨だけになっていた。昭子は息が止まった。胸が苦しい。今度は逆に過呼吸がはじまった。男が昭子のその腕を床に押さえつけて、短い斧をかまえたのだ。

「な……な……なにを、する気だ」昭子はどもった。「な……な……なにをしてる！　や……やめろ！　や……やめてくれ！」

男はやめなかった。

PM10:55

目を覚ますと、ベッドにいた。両腕を見ると、どちらも包帯を巻かれた短いつけ根だけになっていた。叫びだしてもおかしくなかったが、実際にはショックで茫然とした。自分の身に起きたことをすぐには理解できなかった。

「目が覚めた？」

ベンの声だった。昭子の足もとの壁によりかかっている。顔は腫れ上がっていた。

昭子は目に力をこめた。

「なぜあたしたちはまだ生きてるんだ？　なぜあいつらはあたしを殺さなかった？」

「この屈辱とともに生かすほうが死より強力な罰だと考えたのさ」

昭子は目を閉じて、涙が勝手にあふれそうになるのをこらえた。震えながら言う。

「それはとんだ失敗だな。これから一人残らず殺してやる。やつらの手足を切り落として、畜生の餌にしてやる」

「それも一つの復讐だけど」

「貴様ならどうする？」ベンの軽い口調に苛立って訊いた。

「さあね。思いつかないな」

「あたしは義手をつける。手術で銃腕《ガンアーム》に換装して、できるだけ急いでやつらを追う」

「すぐってわけにいかないし、それまでにみんな逃げてるよ」

昭子は首を振った。

「ガンアームにするだけなら時間はかからない。一、二日でできる。ベトナムではしょっちゅうやってる手術だ」まわりを見て、「ここはどこだ？」

「アナハイム郡立病院だよ。医者はきみの家族に連絡しようとしたんだけど、連絡先がわからなくて――」

「やめろ」昭子はさえぎった。兄の身に起きたことを両親に知らせた夜の記憶が蘇った。不適切な情熱のためにとんでもないことをした兄のことを、どう説明すればよかったのか。「両親に知らせるつもりはない」

「でも――」

「やめろと言ってるんだ」昭子は声を荒らげた。

「じゃあ、かわりに連絡するような友人や恋人は？」

英好のことが頭に浮かんだ。もう自分の手で彼にさわることはできないのだと思った。

「彼にはあとで連絡する……。貴様はどうしたんだ?」

「なにが?」

「両手があるな」非難と確認をまじえて言った。

「それなりに殴られたよ。だからむこうの知りたいことを全部しゃべった」

「愚か者!」

ベンは否定しなかった。

「僕は死ぬわけにいかないんだ。まだやることがあるし、守るべき約束もあるからね」

「約束?」

「べつの機会に話すよ」

「やることとはなんだ」

「六浦賀将軍を追う」

「姿を見たのか?」

「いいや。でも彼の真実をGW団に話したよ」

「どんな真実だ?」

「たいしたことじゃない」

「貴様の話はどれもこれもたいしたことがないな」

「それはそうさ。サンディエゴではつまらない理由で多くの人が死んだ。若名将軍はそれを止めようとした数少ない人々の一人だった」

「若名将軍だと？　彼がどう関係するんだ？」

「十年近くまえだよ。一人の大佐がGW団に殺され、そのあとに着任したのが彼だった。混乱をおさめようとしたけど、だめだった。きみの言うとおり、僕らはねじれた円環を生きて、決まった役割を演じているだけかもしれない。数日たてば、たいしたことじゃなくなる」

「どういう意味だ？」

「いずれわかる。じゃあ僕は帰るよ、槻野課員」

「ばかなことはするなよ」

「僕はいつもやるよ」

ベンは去った。

昭子は腹が立ち、追いかけてベンを尋問したくなった。しかしそんな体力はない。

病室ごとにおかれているラジオからオーケストラの音楽が流れていた。バイオリニストは弦の上で完璧な運指をし、スタッカートを刻んでいる。昭子は己の人生を反芻《はんすう》した。

音楽が空虚でそらぞらしく聞こえ、ラジオを消したくなった。自分が拷問した人々のことを考えて腹を立て、あふれそうな涙をこらえた。泣くのは弱虫だ。負けない。これは自分で選んだ人生だ。陛下のために死ねれば本望だ。それが現代の侍だ。恥じることはない。あのＧＷ団を殺すか、その道半ばで斃れるか、どちらかだ。それでも、この仕事に就かなければ母親に嘘をつかずにすんだだろうと思った。そうすれば止まったはずだ

——存在しない両腕の震えは。

十年前

サンディエゴ
一九七八年七月二日
AM8:05

「愉快な戦場へようこそ、若名少佐」

オテイメサ基地は広くないが、サンディエゴの重要な戦略拠点である。基地はバリケードでかこまれ、歩哨が巡回し、さらに鉄骨製障害物も設置されている。民間人は立入禁止。軍人も出入りには保安検査が必須だ。中央棟は五階建て。若名少佐はその指揮所へ来たが、いたのは二人の若い中尉だけだった。カードゲームをやっていた電卓を机において、起立し、お辞儀をした。

三十六歳の若名少佐は、口髭の先を指で丸めながら、象牙の杖をついていた。

「土肥原《どいはら》大佐が一時間前にテロ攻撃で亡くなられた」

「テロリストは捕まったのですか?」野本という名札をつけた中尉が尋ねた。

「カミカゼ攻撃だった。爆発地点からは白いかつらがみつかった」

「ジョージ・ワシントン団ですね。あいつら全員とっつかまえて銃殺すべきです」野本は言った。

「そうしたいものだ。しかしこの一ヵ月で十八回目だ。そして攻撃がやむ気配はない」

「だからこそ、とっつかまえて全員銃殺するんです」

「基地司令官以下はどこにいらっしゃる?」

名札に石村とあるほうの中尉が答えた。

「まだお帰りではありません。昨夜は戦勝記念のお祝いに多くの方がお出かけになりました」

「では諸君に頼もう。この基地に能岡繁高《よしおかしげこ》がいるな」

「能岡大尉は優秀な上官です」野本が言った。

「しかし民間人を多数殺害した。USJ法第三四三二条二三にもとづく戦犯としてこれから逮捕する。どこにいる?」

「能岡大尉はただいま基地におられません」

「どこへ行った?」

二人の中尉は目を見あわせた。

「存じません」

「だれなら知っている?」

「能岡大尉は行動が自由気ままです。好きなときにいなくなったり、あらわれたり。神出鬼没といいますか」野本が説明した。

「そうか。わたしが来ることをどこかで聞いたようだな」若名は杖によりかかって、石村の顔をのぞきこんだ。「きみはどこかで会ったな」

「BEMAGで少佐のゲリラ戦術の授業を受けていました」

「ああ、思い出した。石村紅功か。遅刻の多い学生だった」

ベンは恥じてうつむいた。

「そうです、少佐」

「野本中尉、六浦賀《むつらが》中佐に電話しろ。わたしが面会を希望していると言え」

「本日の出勤予定は十時です」

「お急ぎ願え。わたしがぜひにと言っていると」

「はい、少佐」

野本は敬礼して出ていった。

若名は石村の肩に腕をまわした。

「能岡大尉は今朝ここにいたのだろう？」

石村はためらった。

「能岡を裏切りたくない気持ちはわかる。きみはこの基地に勤務して何年だ？」

「三年になります」

「では反乱がはじまった当初からいるわけだな。基地の士気はどうだ？」

「将兵は意気軒昂です。アメリカ人の空気は複雑です。小笠原知事は対策として慰安コンパニオンを禁止し、隔離法違反の刑罰を緩和しました。参謀本部から認められるならさらに緩和策をとりたいところでしょう」

若名はにやりとした。

「カルト的宗教集団がこれほど面倒な相手になるとは思わなかっただろう。ジョージ・ワシントン団は卑劣でしつこい。大義のためならなんでもする。彼らの目標はなんだと思う？」

「独立です」

「そうだ、皇国からの独立だ。想像できるか？　われわれがどれだけ寛大に処遇しても、その手に唾をかける。なぜだかわかるか？」

「愚かで残忍だからです」

「愚かなら三年も続かない。相手がアジア人だから腹の虫がおさまらんのかもしれないな。もしわれわれがおなじ白人なら、日本が他国に宣戦布告して滅ぼしても、アメリカは平然としていたかもしれない」

「失礼ですが、イギリス人やドイツ人はアメリカ人とおなじ肌の色ですが、それでも参戦しています」

若名はうなずいた。

「そうだな。まったくそのとおりだ。アメリカ人はたんに反抗的なのかもしれない。マンハッタンでもドイツ人に手を焼かせているそうだ。ルーヴル美術館のヒトラー棟の話は知っているか？」

「いいえ」

「本人の肖像画ばかり並べたヒトラーの間がつくられたのだ。入場者の表情をカメラが監視していて、嘲笑したり侮蔑的な身ぶりをすると逮捕される。そこにフランスのレジスタンスが侵入して、絵に落書きした。なのにカメラはその行為をとらえていない。職員たちも見て見ぬふりをした。なぜなら、ヒトラーが意図的に落書きさせたものだった場合に、それを報告したら自分が逮捕されるかもしれないからだ」

「最終的にだれが気づいたのですか？」

若名は杖でこつこつと床をつついた。

「まだ気づかれていないのさ」

石村の驚いた顔に満足して、若名は大笑いした。

「能岡の居所を知っているな？　答えなくていい。あとで教授と学生の立場にもどって昼飯を食べよう。わたしが探している相手に会える場所へ連れていってくれるとありがたい」

「わかりました、少佐」

そこへ野本がもどってきた。

「六浦賀中佐はもうすぐご到着です。中佐の執務室でお待ちいただきたいとのことです」

若名はまた口髭の先を丸めた。

「案内を頼む」

AM10:08

若名は二時間近く待った。待つあいだに人事報告に目を通した。中佐の執務室には本人と夫人と娘の写真が飾られていた。USJとアジアの各地を旅行したときのものらしい。夫人はメレディスという名の快活な黒髪の女性で、イタリア人と日本人のハーフである。彼女の父親はロングビーチ港の貿易職員で、母親は地域の隣組をたばねる有力幹事だった。娘のクレアは父親ゆずりの電卓の達人と称されている。インテリアはマホガニー材でほぼ統一されている。壁にはUSJとドイツ領アメリカの地図が貼られ、難解なプログラミングのコードも書かれていた。

出勤してきた六浦賀中佐はけわしい顔をしていた。白髪まじりの頭で、体格は熊のように屈強だ。軍服の胸には勲章と褒章が並び、長短の儀式用軍刀を佩いている。目つきは暗く、手は分厚く、自信と威圧感にあふれている。大声で問いただした。

「儂の尋問室をすべて閉鎖したというのは本当か？」

「本当です。わたしはジョージ・ワシントン団との交渉の命を参謀本部から受けています。中佐の拷問室はその障害になります」若名は答えた。

「あれは情報を引き出す重要施設だ」

「誤りだらけの情報です。人は拷問されるとどんなことでも話してしまう。嘘であっても」

六浦賀は顔をしかめた。

「儂の部下一名を裁判にかけて、それが戦いにどんな貢献をする？」

「GW団の要求に応じるという貢献をします。むこうの要求は五つ。なかでも拷問室の閉鎖は最優先です。二番目がバルボア公園虐殺事件の犯人処罰。これに応じて能岡を切るしかありません」

「能岡は有能な部下だ」

「二千人以上の民間人を虐殺しました。非武装の民間人を。相手が兵士なら勲章ものですが」

「裁判の結果はどうなる？」

「有罪の証拠は山と積まれています。一つ一つ反証できれば釈放もあるでしょう」

「有罪なら？」

「死刑です。第三四三二条二三に従って」

六浦賀は煙草を取り出した。

「本気か？　ＵＳＪの軍人が現地人を撃ったから死刑にするのか。ここは戦闘がおこなわれている最中なのだぞ、少佐」

「失礼ながら、勝機はまったく見えません。敵を抹殺するどころか長い消耗戦にはいっています。その〝現地人〟と話しあう以外に道はありません」

「能岡の伯父がだれだか知っているのか？」

「わたしは皇国と天皇陛下の忠士です。どこかの提督に遠慮する必要はありません」

「能岡を処刑してどうなる？」

「ＧＷ団の残りの要求四項目とあわせれば、対話が可能になるでしょう」

「対話だと？」

「誠実な対話です」

「国賊と交渉するために、友軍将校を犠牲にするというのか？」

「中佐が製作なさった兵棋演習でも不可避の結末として予測されています」若名は指摘した。「彼らのなかにも名誉を重んじる者はいます。勇敢かつ臨機応変で堅忍不抜《けんにんふばつ》。その一部が交渉を求めて接触してきています。さいわい、その要求は理不尽ではありません。しかしバルボア公園事件の解決なしに対話はないという態度です。能岡は命令に違反しました。絶対に群衆を挑発するな、ましてや発砲は厳禁と命じられていたにもかかわらず」

「貴様は変わった軍人だな、若名」

「能岡大尉はどこですか？」

「任務に出ている」

「どこへ？」

「現時点ではまだ秘密任務だ。すんだら連絡する」

「中佐、これは――」

「皇国の最重要任務なのだ！」

「しかし――」

「立場をわきまえろ、少佐」中佐は怒鳴った。

「はい、中佐。お許しください」若名は低頭した。

「能岡がもどったら教える。尋問室は好きにしろ」

若名少佐は立ち上がり、感謝のお辞儀をした。

「もう一つお願いがあります」

「なんだ」

「わたしの滞在中、石村中尉を部下にほしいのです」

六浦賀は笑った。

「GW団も石村の処刑は要求せんだろう」

「どういうことですか?」

「あれは任務より女の尻ばかり見ている臆病者だ」

「では、彼を引き取ってもよろしいですね」

「あれに処刑させるつもりか?」

「いいえ。石村は昔の学生です。これから転属してくる兵士たちのためのちょっとした娯楽活動を手伝わせるつもりです」

「ならいい」

「ご寛容を感謝します」

若名はまわれ右をして退室した。ドアを閉めながら、憲兵の報告書について考えた。

六浦賀夫人はジョージ・ワシントン団の指導者アンドリュー・ジャクソンと不貞関係にある。そんな夫人の存在と不在が、六浦賀中佐を苛立たせ、判断を曇らせている。それを考えると若名は不愉快になった。愛する人々を尋問する立場にはなりたくない。

AM11:25

「そこはステーキサラダがうまいんですよ、少佐《サー》」ベンが言った。

「まず、サー付けはやめろ。次に、わたしはサラダ好きではない」若名は言った。

「きっと開眼しますよ。表面を焦がしたリブロース、ジャガイモのロースト、クレミニマッシュルーム、薄く削ったパルメザンチーズ、アジア梨のスライス。そしてミックスした葉野菜にかけたレモンとディジョンマスタードのビネグレットソース。〈トースティーズ〉のサラダは天下一品です」

「祖父が生きていたらな。戦中の食料配給の話をよく聞かされたものだ。小麦粉や砂糖のような基本食材が毎週一つずつなくなっていく。そして終戦まで復活しなかったそうだ」

「食料は勝者に渡るものです」

ティファナ地区は、暴動発生前は観光地として栄えていた。警備がきびしくなったいまも歓楽街はにぎわっている。警戒厳重な検問所が二ヵ所あり、軍用車に乗っていても探知機検査をされる。車列のあいだを爆発物探知犬が歩いている。逮捕された数人が手錠と猿ぐつわをされて鉄の檻のなかでしゃがんでいる。そのむこうに華やかな歓楽街が広がる。日本語の看板を掲げた高層のホテルやディスコが並ぶ。兵士と無作為な保安検査とそびえ立つメカと飛びまわるヘリが、境界線のむこうが無法地帯であることを思い出させる。

「カンクンは行ったことありますか?」ベンが訊いた。

「ない。どんなところだ?」

「最高級のリゾート地です。世界最大の屋内プールがあって、カヌーを漕いでイルカと遊べる。驚異です」

巨大なダイヤモンドの形をしたホテルをベンは指さした。まわりはたくさんの客で混雑している。

「あれがジェミニ・ホテルです。屋内に各種のジェットコースターが設置されています。まだ午後早いので行列はたいしたことありませんが、夜にはどれも二時間待ちです」

「エリア全体がもっと混雑するのか?」

「夜はこの三倍です。休日はもっと人出があります」

「抵抗勢力が怖くないのか？」

「賊を怖がっていたら楽しめません」

〈トースティーズ〉はショッピングモールのなかにあった。入り口付近の日本人専用駐車区画にベンは車を駐めた。そばにはスクーターが何百台も並んでいる。リゾート地らしく客の男女は夏のスポーツウェア姿で、水着だけの客も多い。本国からの旅行者は電卓でなんでも写真に撮っている。彼らの有頂天のコメントや、「すごい」とか「びっくり」といった感嘆の声を聞いて、若名は愉快な気分になった。

「シーパレスでは鯨のショーをやっていて、それが見物ですよ」ベンが解説を続ける。

「トレーナーの一人が知りあいなので、舞台裏を見学できますよ。鯨はすごく頭がいいんです。見世物として鯨を閉じこめておくことにトレーナーの彼女は反対なんです」

ベンは〈トースティーズ〉で女性の接客係の一人に話しかけた。ジーンズのショートパンツにビキニトップの美人だ。

「休日は町の外に行くと言ってたじゃない」接客係はベンに言った。

「予定が変わったんだ。少佐に町を案内することになってさ」

接客係はやれやれと首を振った。

「詳しく話をしたいものね」

「わかった。あとでね」

接客係は腕組みをしている。

「今週ずっと電話してたのよ」

ベンはつくり笑いで答えた。

「基地で電卓が故障しちゃったんだよ。GW団のオンライン攻撃でさ」

接客係は二人をテーブルに案内した。レストランは混んでいる。彼女はベンをつねった。

「帰るまえに声をかけなさいよ」

そう言って入り口前にもどっていった。

「知りあいか？」若名はベンに訊いた。

「そんなようなものです。しつこくって」ベンは困った声で答えた。

若名は笑った。

給仕が緑茶とメニューを持ってきた。べつの給仕が白黒の肉を運んでいく。

「あれはなんだ？」

「スカンクの焼肉です。あっちのはバッタの串焼き。霊長類の脳に深く刻まれた味ですよ。試す勇気がおありならお薦めです」

「バッタはよく食べたぞ。八歳の頃、学校のそばの線路のむこうの森へ遊びにいって、バッタをたくさんつかまえたものだ。脚をちぎっておけば逃げられない。火であぶって食べたものだ。ワサビをつけるとうまい」

「注文しましょうか？」

若名は首を振った。

「きみのお薦めに従おう」

ベンは二人の分を注文した。

「能岡もこの店によく来るのか？」若名は訊いた。

ベンは首を振った。

「能岡大尉は味の好みがごく単純なんです。醬油とご飯とゆで卵。それ以外は不必要な贅沢だと」

「ではなぜわたしをこの店に案内したんだ？」

「うまい昼食をご所望だと思いまして」

若名はまた笑った。

「軍隊生活は楽しいか？」

「努力しています、し……」〝少佐〟と言いかけてやめた。

「能岡大尉はどうだ？　軍人として楽しんでいるようすか？」

「普通じゃない理由で、ですけどね」

「たとえば？」

ベンは湯飲みを揺らした。

「よくわかりませんが、料理でないのはたしかです」

若名は茶をすすった。

「わたしも味覚は単純なほうだ」

「そうですか？」

「妻が料理したものならなんでも食べる」

ベンは小さく笑った。

「奥さまはサンディエゴにいらっしゃるのですか？」

「カウアイ島で二人の息子を育てている」

「頻繁に会えますか？」

「あまり帰れないな。妻には悪いことをした。キャリアを捨てていっしょになってくれたのに、わたしはこの四年間の大半をベトナムですごした」

「あちらの戦況はいかがですか？」

「公式には、すべて順調だ。非公式には、秘密だ」

「それほど悪いと？」

「ひどいものだ。参謀本部はここがおなじ泥沼になることを恐れている。とくにティファナは人気の観光地だからな。平和的解決の希望はある。サイゴンの再現はだれも望まない」

「少佐がここで望まれることは？」

若名はベンを見た。

「よき兵士に共通の望み。平和だ」

給仕がサラダを運んできた。若名は不信の目で眺めたが、一口食べて、顔を輝かせた。

「これはうまい」

「気にいっていただけてうれしいです」

「いや、本当だ。こういうものは初めてだ」

「テイクアウトなさるとよろしいでしょう」

「そうしよう」

若名はステーキを食べ、マッシュルームを楽しんだ。

「六浦賀の戦争シミュレーションはよく見るか？」

「全員が見ています」

「BEMAG時代からあれをプログラミングしていたとは驚かされる。状況のあらゆるパラメータを計算して結果を予測する、完璧な兵棋演習だ」

「あくまで統計的な可能性です。相当な誤差がありえます」

「それでも印象的だ」

「たしかに印象的です」

「実際にどのように動くのだ?」

ベンはポケットから電卓を取り出し、開いた。インターフェースは黒地に緑のテキストのみ。そこに、〝サンディエゴ作戦〟と書かれている。

「ケーブルなしにどうやって機界に接続しているのだ?」若名は訊いた。

「BEMAGのすぐ南で開発された新技術です。無線で機界に接続するので、電卓をどこへでも持ち出せます」ベンは自分の名前とパスワードを打ちこんだ。「現状では電卓の画像処理能力に限界があるので、こういう兵士の絵で表現しています」日本兵がマンガ的に描写されている。「入力する項目は、日付、予想される敵の種類、心理的条件、天候、地形データ、突発的な出来事、さらには将校の食事の好き嫌いまであります」変数は適当に打ちこんでいった。項目はとくに選ばず、長いリストを最後まで埋めることに集中する。「これでも最小限のシナリオです。本格的な戦闘シミュレーションを組み立てるときは、何日も、何週間もかけます。そしてシミュレーションを動かして、ＡＩの行動を見るのです」

「評判どおりに正確なのか？」

「製作チームの目標にはほど遠いです。でもプログラミングは続いていて、今年の終わりには五万項目以上のパラメータをサポートするはずです」

電卓の画面では兵士たちが市街戦をしている。ジョージ・ワシントン団の服装をした男女が白いかつらをかぶって自殺攻撃をしかけている。自爆して建物や車両を破壊している。

「最初の銃撃戦のときにきみはここにいたのか？」

「ニュースで見ただけです」

若名は、古めかしい白いかつらをかぶった数千人がサンディエゴ市庁舎に突撃し、次々と自爆していったようすを思い出した。一人の黒人が建国の父ジョージ・ワシントンを名乗り、〝サンディエゴを引き渡せ。拒否するなら最後の一人まで戦う〟と要求した。

「われわれが勝つ見込みをシミュレーションはどの程度と予測しているんだ？」

ベンは茶を飲み終えた。

「僕はその部分のプラン作成にかかわっていません」

「予測では、GW団が都市を破壊するか、あるいはわれわれが彼らを抹殺するために三十万人を無差別に殺して制圧するか、どちらかになるとのことだった」

「プログラムはまちがいも犯します」

「可能性はある」若名は指の関節を鳴らした。「六浦賀の学業成績は興味深い。プログラミングは彼のもっとも苦手な科目だった。本当に六浦賀があのコードを書いたのかどうか疑う者もいる」

「僕にはわかりません、少佐《サー》」

ベンは無意識のうちに〝サー〟をつけ、答えるときに視線を下げた。それを若名は見た。

「そうだろうな。このゲームのコンシューマー版を出すという話も聞いた。それで一般大衆にさまざまな戦闘を経験させると」

「その話は僕も聞きました。電卓のグラフィック性能は予想を超えて急激に進歩していますからね」

「予想できるはずがない。われわれの戦争を、子どもたちが〝電卓ゲーム〟として遊ぶようになるとは」

「娯楽の姿を借りた効果的なプロパガンダになるでしょう」

若名はさきほどの接客係のほうをうかがった。こちらを見ているようだ。

「彼女はなんの話をしたいのかな」

「男と別れたという話でしょう」

「きみのためにか？」

ベンは鼻の頭を掻いた。

「たぶんそうです」

若名は指を立てて振った。

「たいしたトラブルメーカーだな、中尉」サラダを食べ終えて言った。「能岡大尉を探すのを手伝ってくれ」

「武蔵廟《むさしびょう》にはおいでになられましたか？」

「まだだ。父からぜひ参詣しろと言われている」

「歩いて十分です。行く価値はあります」

「ではそうしよう」

「裏口から店を出てもいいでしょうか？」

「かまわんぞ」

PM12:43

　宮本武蔵廟は五つのエリアに分かれていた。若名と石村がはいった区画は、いくつかの滝と噴水と階段が液体の鎧のように配置されていた。武士と神々と刀の彫像が並んでいる。廟は全体がガラス製で、そのガラスの壁の上を水が流れ、武蔵の哲学をあらわす漢字五文字が描かれている。祭壇まで来ると、若名は線香を手にした。

「きみは武蔵の教えを憶えているか？」

　若名はベンに訊いた。ベンは首を振った。

「僕は剣道がからきしだめで」

　若名は杖を柱に立てかけ、軍刀を抜いて両手で捧げ持ち、低頭した。しばらく小声でなにかつぶやき、ふたたび頭を下げた。

「わたしは父に命じられて毎朝武蔵の勉強をした」

「お父上は軍人でいらっしゃったのですか？」

「農民だ。しかしわたしを軍人として育てた」

「なぜですか？」

「農民が軍人に苦しめられないようにするためだ」

僧の一団が廟にはいって読経をはじめた。

「伊勢神宮に参詣したことはあるか？」若名は訊いた。

「まだ一度も」

「伊勢の社殿は二十年ごとに建て替えられる。万物流転の心、わびさびをあらわすためだ。われわれは太平洋戦争よりまえに本土の統一を賭けて争った。いまは地球の端から端まで版図を広げている。しかし日本人の心的特性ゆえに、支配者然としたふるまいはしない」

「よくわかりません」

「われわれは太平洋の支配者となった。アメリカ合衆国と中華帝国を勢力圏におさめた。現地人には寛大でありたい。彼らの神は民を見捨てた。われわれの神はそうではない」

「しかし彼らの神はまだジョージ・ワシントン団に戦闘を命じています」

「彼らの神は古臭い価値観の象徴だ。民に幻想を見せて苦悩をしのぎやすくするのが彼らの倫理だ。その天国とは野放図なティファナだ。終わりなき酒宴、宗教的麻薬によっていつまでも続く恍惚状態。あとは曖昧《あいまい》な光の洪水だ」

「もし日本が戦争に負けたら、神々も変わったでしょうか」

「われわれは負けなかった。ギリシア人は、最悪の罪は殺人でも子殺しでもなく、神々への傲岸不遜だと考えた。自分こそ神だと思い上がった人間が、最悪の瀆神行為をおこなうのではないかな」

「その人物が神なら、そんなことはしないでしょう」

「だれがそれを判断する?」

「勝者でしょうか?」ベンは答えと問いの両方の口調で言った。

若名は笑った。

「そうだ。勝者だ。われわれは帝国を築く過程でいったい何人殺したと思う?」

「わかりません」

「どんな大帝国も死体の山の上に築かれている。ローマも中国もそうだ。アメリカも数百万人の先住民を抹殺し、アフリカ出身者を奴隷にした。犠牲者は忘れ去られる。わが国で地震によって過去の栄華の跡が消えるようなものだ。日本はアメリカに対して三発の原子魚雷を使った。三発ともおなじ日に発射された。その必要性についていまも激烈な議論がある。当時アメリカの降伏は時間の問題だったからな」

「米本土決戦で日本兵を無駄死にさせないために使ったのでしょう。アメリカは最後の一兵まで戦おうとしていましたから」

「暗号解読によってアメリカが白旗を掲げようとしているのはわかっていた。東海岸がすでにドイツに蹂躙《じゅうりん》されていたから当然だ。降伏にはいくつか条件があったが、状況を考えれば無理な内容ではなかった」

「なぜ受諾しなかったのですか？」

「ドイツへの威嚇だ。西海岸が日本の縄張りであり、死守するとしめすためだ。政治的宣言であり、また終戦を確実にする方法とみなされていた。そのため数十万人のアメリカ人が死んだ。多くは民間人だ。原爆使用反対のデモが何度もおこなわれた。いまでも京都ではGW団との戦闘に反対し、平和的解決を求める集会がいくつもおこなわれている」

「なぜですか？」

「なぜだろうな。皇国が負けていたほうが世界は平和になったと思うか？」

「それはわかりません。数年前に宮本武蔵の電卓映画を観ました。彼は多くの人を殺しました。その血が僕ら日本人には流れているのでしょう」

若名はその答えをおもしろいと思った。

「武蔵が説いた兵法の一つに、〝漆膠《しっこう》の身〟というのがある。漆《うるし》や膠《にかわ》を塗ったように頭も体も脚も敵にぴったりくっつければ、隙間がなくて技をかけられないというわけだ」

「恋人のようにですか？」

若名は大笑いした。

「きみはなんでも性愛に結びつけるのか」

「なんでもということはありません」

「わからない男だな。まったく不可解だ」

「僕がですか？」

「遠慮なしに言わせてもらうと、きみについての報告書は否定的なものばかりだ。BEMAG在学中もそうだし、その後の評価もそうだ。にもかかわらず、六浦賀中佐の行くところ、つねにきみの名前がある。というより無理やり配下に加えられている。彼がいなければ、きみはとっくにアフリカかベトナム送りになっていただろう。これはどういうことだ？」

「中佐に連れ歩かれているとは気づきませんでした」

「気づいているはずだ。士官学校時代の報告書によると、きみは士官候補生の基礎的な実地訓練において軍刀を適切に使用できなかったとある」

「ですから、僕は剣道がからきしだめなのです」

「なのにここにいる」

「なにをおっしゃりたいのかわかりません」

若名は自分の軍刀をしまって、ふたたび杖を頼りに廟の出口へむかった。祭壇から遠ざかってから、ベンに尋ねた。

「中佐と夫人のメレディスの関係について、どこまで知っている？」

「とくになにも」

「話したくないという意味か？」

「中佐の私生活ですから」

「私生活が基地司令官としての判断に影響しているとしたら？」

「わかりません。一介の中尉が中佐と親しく話す機会はまれですから」

「そうだな。しかしきみの表むきの仕事は、電卓で送受信されるメッセージの検閲だ。中佐の私的なやりとりを目にしたことがあるはずだ」

「それは……はい」

「どうなのだ？」

「夫婦関係は私生活に属するものです」

「皇国の公安にかかわる場合はそのかぎりではない」

「しかし――」

「わたしはここで階級をふりかざし、東京参謀本部から委任された権限をしめしてもいいのだぞ」

「中佐の私生活を話すのは適切でないと感じます」

「ＵＳＪの治安がそれにかかっているとしてもか？」

ベンはためらった。

「ご夫婦の関係は緊張しています」なるべく穏便な表現で認めた。

「緊張の原因はなんだ？」

「中佐は……メレディスが不貞をしていると考えておいでです」

「夫人を監視するように命じられたか？」

ベンは居心地悪そうに姿勢を変えた。

「彼女の電卓活動を逐一監視しています」

「電卓に忍びこませたツールからなにがわかった？」

「彼女はＧＷ団のメンバーと不貞関係にあります」

「そのことを中佐に話したか？」

「疑いはまちがいないと、最近話しました」

若名は武蔵の像に目をもどした。剣をかまえ、猛々しくうなる顔だ。

「他人の電卓活動を監視する手法は、機界の専門家から教わったのか？」

ベンは首を振った。

「それは……六浦賀中佐の助けを借りて自分で開発しました」

「武蔵廟にわたしを案内したのはなぜだ、石村中尉？」

ベンの視線は若名の背後にむいた。そこにはロゴ入りキャップをかぶった男がいた。頬がこけ、大きなサングラスで顔の半分をおおっている。陸軍の緑のトレンチコートは襟までボタンを留めている。能岡大尉である。

「彼がここに来るとなぜわかった？」若名は訊いた。

「お昼のあいだに彼の電卓活動を監視していました。人を呼びますか？」

「必要ないことを期待しよう」

能岡大尉は廟のまえで低頭した。両手をまえに出して深い敬意をしめしている。二度サングラスをはずして目をこすり、涙をぬぐった。

「なにを祈っているのかな」若名は言った。

ベンは電卓を調べた。

「六浦賀中佐は彼にだれかの殺害を命じたようです」

「だれを?」

「アンドリュー・ジャクソンという男です」

若名は声に出さずに悪態をついた。

「きみの電卓がそういうことをできると知っていれば、厄介な事態を防げたのだがな」

「アンドリュー・ジャクソンをご存じなのですか?」

「GW団のメンバーで、六浦賀メレディスの不貞の相手だ。中佐は能岡に遺族の世話を約束して、決死の襲撃を命じたのだろう。しかしアンドリュー・ジャクソンを死なせるわけにはいかない」

「なぜですか?」

「彼はGW団のなかでわれわれとの講和を強く主張している男だからだ。そしてGW団を交渉の席につかせるよう彼を説得したのはメレディスだ。皇国がこの地に覇権を唱えるのはかならずしも悪いことではないと」

「夫人は二重スパイなのですか?」

若名は首を振った。

「だったら話は簡単だがな。それでも和平は和平だ」

「代償が大きいでしょう」

「支払わざるをえない」

「中佐の面目は――」

「天皇陛下の御為と思えばなにほどでもない。どれだけ命が救われると思うか。アンドリュー・ジャクソンだけは守らなくてはならない。軍の警護をつけてでも」

ベンはじっと若名を見た。

「少佐の目的は本当に能岡大尉ですか？　それとも六浦賀中佐ですか？」

若名は小さく笑った。

「きみを鈍いと評したのはいったいだれだろうな」

能岡は礼拝を終えて、足ばやに帰りはじめた。尾行を警戒するように神経質にまわりを見る。そして軍服の二人に気づくと、脱兎《だっと》のごとく駆け出した。

「大尉！」若名は大声で呼んだ。「大尉！」

能岡は足を止めた。振りむいた手には拳銃が握られている。しかし若名はいささかの躊躇もなく近づいた。能岡は訊いた。

「どうやって俺の居場所を知ったんですか？」

その目はブラックホールのように光がなく、唇は乾いてひび割れている。話すたびに大きな喉仏が上下に動く。鼻は大きくごつごつしている。能岡はベンをにらんだ。

「おまえが教えたのか、石村？」

「遅かれ早かれみつけたはずだ」若名は言った。「話がある。わたしは若名少佐だ。東京参謀本部の命を受けてきた」

「俺を連行するつもりなのはわかってます。しかし、命令に従ったのに死刑にするなんて法はない！」能岡は叫んだ。

「だれも死刑などという話はしていない。いくつか質問したいだけだ」

「たとえば？」

「バルボア公園では、民間人を撃てとだれかがきみに命令したのだな」

「むこうが先に撃ってきたんです。目撃者もいる。上官たちからは問題ないと言われました。正当防衛なのに死刑にはならないでしょう」

「公正な裁判を受けられる」

「俺のお袋はどうなりますか？　俺がいなくなったらだれがお袋の世話をするんですか？」

「御母堂の老後は皇国が見る」

「死刑になった軍人に遺族年金は出ない。それくらい知ってますよ」

若名は杖の先を床にこすりつけて、能岡を落ち着かせる方法を考えた。

「それ以上近づいたら撃ちます！」能岡は脅した。さらにベンをにらむ。「犬ほどの忠誠心もないやつめ！」

若名は武器を持っていないことをしめすために両手を宙に上げてから、一歩進んだ。

「きみの経歴は読ませてもらった、大尉。軽率な行動が多いようだな。そもそも指揮官むきではない。わたしなら任命しない」

「俺が悪いんじゃない。隊列にむかって瓶が投げこまれたんです。それが銃声に聞こえた。俺は部下を守る必要がありました」

「今回だれを殺せと六浦賀中佐から命じられたのだ？」

能岡はうつむいた。

「かわりに御母堂の世話は心配無用と言われたのか」

「退がれ！」

能岡は叫んで、上着を開いた。その内側には爆発物が並んでいた。

ベンはあとずさったが、若名は動かなかった。

「わたしを殺したければそれでもいい。しかしまず質問に答えてくれ」

「ど……どんな質問ですか？」

「きみは何人殺した？」

「わかりません」

「バルボア公園のまえには？」

「十七人です」

「敵の戦闘員か？」

能岡はうなずいた。

「バルボア公園ではちがうな」

「どういうことですか？」

「公園では無辜の民間人を殺した」

「無辜じゃない！　解散しろと言ったんです！」

「繁高《しげこ》。そう呼んでもいいかな？」

「なんでもかまいませんよ」

「繁高、眠りにつくまえにまぶたの裏になにが映る？」

ベンはその質問にきょとんとしたが、能岡のほうは目を潤ませはじめた。若名は言った。

「だれかが映るだろう。一人かもしれない、二人かもしれない。かならず見える。気をまぎらわせようとしても、眠りのまえは逃げ場がない。だから何週間も眠れずにいる」

「俺のせいじゃない。帰れと言ったんだ」

「わかっている。だれが見える？」

能岡は首を振った。

「たいしたことじゃないです」

「わたしにはたいしたことだ」

「どういう意味ですか？」

「わたしにも、ある人が見えるからだ」

「いつから？」

「こういうことを最初にやった何十年もまえからだ」

「じゃあもう……二度と消えないんですね」

「六浦賀は皇国のために自爆しろと言ったが、きみは見えるものから逃れるためにやるんだな」

能岡は湊をぬぐった。

「幼い女の子でした。八歳にもなっていなかったはずだ。姿が見えたときにはもう遅かった。GW団のメンバーの一人がその子を人間の盾にしていた。どうやってあんな幼い子を連れてきたのか。戦闘地域に」

若名はしばらくじっと能岡を見た。

「無辜の民を殺しながら一片の罪悪感も覚えない兵士もいる。それにくらべればきみは良心がある。アメリカ人は、神を信じる者は救われると考えている」

「俺はアメリカ人の神など信じていません」

「自爆がみずからの救済になると思っているのか？」

「皇国の敵を殺すんです」能岡は強調した。

「アンドリュー・ジャクソンのことか？」

能岡は驚愕した顔になった。

「な……なぜそれを」

「中佐はジャクソンを殺したい本当の理由をきみに言わなかった。六浦賀夫人がジャクソンと浮気をしているからだ。これは個人的な復讐であり、皇国の使命などではない。そうだな、石村中尉？」

「はい、少佐。中佐のメッセージはずっと監視しています。それによると――」

「黙れ、石村！　おまえの話など聞きたくない！」

「しかし、そのあたりの話はこの中尉が一番よく知っているのだ」若名は言った。

能岡はポケットのなかを両手で探った。

「そんなに自爆したいなら、好きにしろ」若名は言った。「いまここでやれ。ただし、子のいる父親をこれ以上殺すな」

「父親？」

「アンドリュー・ジャクソンには二人の娘がいる。彼はＵＳＪとの講和を推進している。彼が死ねば、われわれがＧＷ団と講和する望みも絶たれる」

「じ……じゃあ、どうすれば」

「ここで自爆するか、投降するかだ」

「し……しかし――」

「きみに救済は約束できない。わたしはアメリカ人ではないからな。しかし正義は約束できる」

「俺の命も……？」

「赦免される可能性はある」

「どうやって？」

「わからない。裁判官しだいだ」

「大きな事件を起こしてしまいました」

「皇国を変革するのは大きな事件だ。そうだろう?」

「わかりません。俺は——」

若名は両腕で能岡を抱きとめた。

「死にたければ、いまやれ、大尉! 爆弾を爆発させろ! わたしも死ぬ覚悟はできている。いつ死んでもいいとあの朝から毎日思って生きている。きみはどうだ?」

「放してください!」

能岡は叫んでもがいた。しかし若名の両手はすばやく起爆装置を解除した。さらに袖から取り出したナイフで能岡の体に巻きついた爆発物を切り離した。

「本当に死にたいのか? 喉をひと突きすれば終わりにしてやれるぞ」

能岡はもがいたが、若名は大尉に手錠をかけた。

「石村、応援と爆発物処理班を呼べ」

PM2:31

軍警があらためて能岡を武装解除し、ジープに乗せて連行していった。地元警察も駆けつけたが、犯人の管轄権は軍にあるので、彼らは周辺警備を担当した。僧たちはなんの騒ぎかわからず狼狽するばかり。若名は現場確認に来た将校の一人から一般車両を借りた。

「次はどこへ行きますか?」ベンは訊いた。

「ジョージ・ワシントン団のメンバーに会ったことはあるか?」若名は訊き返した。

「直接ですか?」

「そうだ」

「数人を監視したことはありますが」

「数人とこれからじかに会う」

「場所は?」

「ガスランプ・クオーターの市場だ」

「スティンガリー地区ですか。能岡大尉もそこへ行こうとしていました」

「GW団が秘密集会を開くからだ」

「どうやってそのことを?」

「アンドリュー・ジャクソンとはすでに交渉していて、彼からそこで講和条件を聞くことになっている。しかし、いまひとつ安心できないのだ。六浦賀はきみがわたしに同行していることを知っている。能岡の所在をきみが追跡できることもわかっているはずだ。となると、能岡以外に集会を襲撃しようとしている者がいる可能性がある」

「六浦賀中佐は復讐しようとしているのでしょうか?」

「復讐と、GW団の面目を失わせることだな。これが考えちがいであればよいのだが。既得権がらみの理由で講和交渉の決裂を狙っている者は六浦賀以外にもいる」

「能岡大尉はどうなるでしょうか」

「GW団との交渉の行方しだいだ」

　二人は車に乗り、ベンが運転した。

「アンドリュー・ジャクソンに娘が二人いるとは知りませんでした」

「いるものか」

「ではあれは……」ベンは言いかけて、答えを察した。

「心理的に彼を武装解除するためだ」若名は認めた。

「では、まぶたの裏にだれかが映るという話は？」

若名は無表情にまえを見ている。

「運転中に脇見をするな」

ティファナから出るときは、はいるより短時間で検問所を通過できた。

「遠いのか？」若名は訊いた。

「それほどではありません」ベンは速度を上げた。「GW団との講和は本当に可能でしょうか？」

「GW団が裏切り者をどう処分するか聞いたことがあるか？」

「動物に食わせるとか」

「蟻のときもある。彼らは残忍だが、規律があり強靭な組織だ。たとえジョージ・ワシントンを殺しても、べつの者が取って代わるだろう。友人か、兄弟か、べつの愛国者が。そして死ぬまで戦いつづけるはずだ。講和条件ではサンディエゴを割譲することになるだろう。自治区になるが、われわれの出入りは可能だ。かわりに彼らは全面的な戦闘停止を約束する」

「東京参謀本部は納得するでしょうか」

「わたしは全権を委任されている」若名は明言した。

「シミュレーションでどんな結果が出るか興味がありますね」

「帰ったらパラメータを入力してみろ」

ベンは車線変更した。

「一つ質問させていただいていいですか？」

「なんだ」

「なぜ僕を連れていくんですか？」

「そうすべきでない理由があるのか？」

「重要任務には僕以外のだれかが選ばれるのが普通です」

「なぜだ？」

「理由はよくご存じのはずです」

「不思議に思っているのだ、石村」

「なにをですか？」

「きみの偽善だ。きみは両親さえも、皇国に反逆的な計画を立てていると告発する。なのに士官候補生の実地訓練ではメキシコ人捕虜を殺せなかった。きみは直接手を下して人を殺したことがないだろう」

ベンはうなずいて認めた。

「両親を告発したことを後悔したことはあるか？」若名は訊いた。

「皇国に反逆的な計画をしていた両親です。後悔などありません」

若名はその返事をしばし考えた。

「とぼけているのか？」非難する響きをふくんでいる。

「簡単な決断ではありませんでした。失礼ながら、少佐、そのことに疑問を持たれるのは不愉快です」

「もちろんだ。すまない。しかし、そのことできみの日常はやりにくくなっただろう。表面的には称賛されても、実際はだれからも信用されなくなったはずだ」

入路から高架道路にはいった。ここからはサンディエゴのダウンタウンを一望できる。螺旋の高層ビルがそびえ、まるで天を貫く人工の山々のようだ。

「最初の質問にもどりますが、なぜ僕を？」ベンはふたたび訊いた。

「中佐が行く先々にきみを伴う理由を知りたい」

「僕にはわかりません。中佐にお尋ねください」

「その愚者の仮面と騎士道的な無頓着さにだまされる者もいるだろうが、わたしは――

――」

そのとき突然、車の窓が砕けて、轟音が響いた。原因は前方のビルの一棟である。屋上へむかって火柱が上がっている。花が咲いたような形の雲が立ち上がっている。広がる花弁が胞子のように灰を降らせ、炎の花粉を飛ばしている。ベンも若名も膝の上はガラスの破片だらけで、顔には切り傷を負っている。ほとんどの車が道路上で停止した。

「スティンガリーのほうです」ベンが言った。

「そうだな」

「ジャクソンがそこにいたとしたら――」

「行こう。急げ！」

ベンはアクセルを踏んだ。

PM3:16

二人が到着するより先に、派遣された軍の一隊が現場への立ち入りを規制していた。市場の商店はほぼ全滅である。床には焼け焦げた食品が散らばり、リンゴとオレンジの果汁と血のフルーツカクテルができている。塵埃《じんあい》が雲のように立ちこめ、付近の通りをかすませている。負傷者が苦痛で泣き叫び、ちぎれた手足が缶詰といっしょにころがっている。火災はまだ荒れ狂い、消防隊が鎮火につとめている。地面が震動しはじめたのは、メカが来る前兆だと若名はわかった。規制線を見張っている軍曹に歩み寄って訊いた。

「遺体の確認はすんだのか?」

「まだです、少佐」

「死者数は?」

「まだわかりません」軍曹は首を振った。「生存者は少ないと思います。GW団が集会を開いていて、そのほとんどが死亡したはずです」

「実行犯の見当はついているのか？」

「それもまだです。一部の上官が監視カメラ映像を調べるとおっしゃっていました。それから――」

一人の兵士が軍曹に歩み寄った。

「軍曹、すぐに来てください」

「失礼します、少佐」

軍曹は低頭して駆けていった。

市場の中央通路は屋根が崩落し、簡易集会所だった場所は瓦礫の山になっていた。骨組みが露出し、鉄筋や鉄骨が荒々しく突き出している。破断面があちこちで存在を主張し、配管や配線がからみあっている。人体は虫けらのように押しつぶされ、ちぎれた体は焼けたコンクリートの柱と見分けがつかない。

「どうしますか？」ベンは訊いた。

「確認するまで待つ」

「なにを？」

若名は答えず、ころがった茄子を杖の先でつぶした。

PM7:34

確認がとれたのは数時間後である。アンドリュー・ジャクソンの遺体だけではなく、鉄骨で顔をつぶされた六浦賀メレディスのそれも兵士に運ばれてきた。筋肉の痙攣で脚がぴくりと動いたが、一時的な反応だった。若名は、基地へ帰ると言ってベンに運転を命じた。

道路は車が一台も走っていなかった。軍が夜間外出禁止令を出し、高速道路は戦車によって使用を制限されていた。オテイメサ基地へ帰りたいと言うと、「道路はすべて封鎖中」と知らされた。

サンディエゴ市内を複数のメカが巡回している。

「あれに乗ったことはあるか？」若名は訊いた。

「いいえ。そんな高度なセキュリティ資格は持ちません」ベンは答えた。

「すこし待て。護衛付きで基地へ帰ることにしよう。戦闘地域を移動するにはあれが一番安全だ」

若名は電卓で電話をかけ、日本語の鋭い口調でなにか話した。

スティンガリーまでもどると、すでにメカが一機待っていた。鎧をまとった巨大な侍のように、黒地に赤のラインがはいっている。若名たちが乗る自動車はその爪先くらいの大きさしかない。巨大な胸部装甲板から梯子が下りてきた。メカは静止しているが、体の各部から熱気を猛烈に排出している。

「トーチャラー級ハリネズミ號、最高性能のメカだ」若名は説明した。「そして搭乗しているのはUSJ最高のパイロット、久地楽《くじら》だ」

「彼について聞いたことはありません」

「彼女だ。その存在はUSJの最高機密だ」

「なぜですか?」

「優秀すぎるからだ。幼い頃から片脚に障害があり、歩くのに機械義足を使用していた。将来はメカのパイロットになりたいと学校の先生に言うと、笑い飛ばされた。しかし機械義足を使っていたおかげで、メカとの親和性が予想以上に良好だった」

ベンは若名のあとから梯子を一段ずつ登ってきた。

「他に上がる方法はないのでしょうか」

「この程度の運動がきついのか？　わたしは片脚が不自由だが、それでも登っているぞ」

「高所恐怖症なのです」

「冗談なのか、石村？」

「本当です」

「では、下を見るな」

梯子はかなり長く、ベンは休みやすみ登った。若名の不自由な足は段を三回踏み外したが、あきらめず、痛みをこらえて登りつづけた。

メカの装甲板は、皮膚のように柔軟な材料で接続されているところもあれば、金属製のヒンジ部品で連結されている部分もあった。下からはきれいな表面に見えたが、近づくと腐食や、戦闘による傷やへこみがある。顔の部分は剣道の防具と能面を組み合わせたような形になっている。死が劇的な芸術性で表現されている。側面の防護板の下に排気口があり、内部の熱と煙が放出されている。

下から銃声が聞こえた。アメリカ人が命令を叫ぶ声がする。複数の爆発によって立ち昇った煙が都市の輪郭線上に見えた。若名とベンはハッチにたどり着いた。銃弾の飛び交う外から、装甲板に守られたメカのなかにはいるとほっとした。内部の空気は機械臭く、煙たく、湿っている。暑さで若名の軍服はたちまちぐっしょりと湿った。照明は補助灯だけで、なにもかも赤く見える。通路は潜水艦のように狭く、やっと通れる程度だ。

「まるで昔のサウナですね」ベンが言った。

「温泉旅行をしたいな」

「ロサンジェルスにいい湯宿がいくつかありますよ。うまいトラフグ料理が出るんです」

「こんなときでも食べることを考えるのか？」

「すみません。そんなことでも考えないと、状況に絶望してしまいそうなんです」

また梯子があり、それを登った。

「わたしは伊勢うどんを食べたいな。好物なのだ」

「食べたことがありません」

「いつか連れていってやろう。伊勢志摩でも正しい伊勢うどんを出す店は数軒しかない」

「楽しみです」

二人はブリッジに上がった。天井は全面ディスプレーにおおわれている。中央には無数のケーブルにつながったパイロット、久地樂がいる。球形のゼラチン媒質のなかに浮いていて、神経からメカへの命令は化学物質が中継する。球のなかで全方位に旋回でき、ケーブルはそれを許容する長さがある。壁はすべてマジックミラーになっていて、全方位を見ることができる。この三百六十度の視野のなかに、熱反応、技術データ、センシング結果といった情報が投影される。パイロットの顔は神経インターフェースでおおわれ、データをより詳細に分析できる。

「乗せてくれてありがとう」若名は言った。

「付近におっただけや」久地樂は通話装置ごしに話した。「あんたら、またなんか下手《へた》打ったみたいやな」

久地樂の言う〝あんたら〟がどの範囲をしめしているか、若名はよくわかっていた。

「それを調べるために、基地へ帰りたいんだ」

「皇国の敵は、外とおなじくらい内にもぎょうさんおるさかいな」

「言葉に気をつけろ。コクピットは録画されている」

「大丈夫や。うちが許可せん装置は全部はずしとる」

「特高はうるさいぞ」

「特高やらクソや。あいつらが真犯人をきっちりしょっ引いとったら、こんな騒ぎにはならんかったんや」

「久地樂――」

「どうせうちらはまな板の上の鯉や。好きなこと言わせてもらう」

「そうはいかん」若名は警告した。

「なら、そういくようにするだけや。こっちがやらされるんは悲惨な仕事か、もっと悲惨な仕事ばっかりや。たいがいうんざりしとるんやで」

「それが戦争というものだ」

「そやかて――」言いかけて久地樂は黙った。命令を受信している。「ちぃと予定変更や」

「どうした」

「GW団がなんやらはじめたらしいで」

メカは東へ移動しはじめた。道路を傷めないように足裏の車輪を使う。低い建物はまたいでいく。若名にとってこの高さからサンディエゴを見るのは初めてだ。巨大都市である。ダウンタウンには高層ビルやアパートメントビルが建ち並ぶ。それらの建築デザインは奇抜であると同時に美しさがきわだつ。このUSJの地は辺境ゆえに、建築家はより自由に仕事ができる。巨大なプラネタリウムや屋上に蝶の翅《はね》をあしらった市庁舎を見ると、サンディエゴ全体が御影石と木材でできた庭園のように見えてくる。若名がとくに興味を惹かれたのは、噂に聞く円錐形の図書館である。ここの地下書庫にはアメリカとヨーロッパの小説の稀覯本《きこうぼん》が何百万冊もおさめられている。他の土地ではナチスとUSJの仕事熱心な検閲局によって灰にされた。肉眼で人の姿は見えないが、センサーは熱反応を拾う。建物のなかに何千人も住人がいる。久地樂は好きな箇所を拡大して見ることができ、実際にそうしていた。GW団は大日本帝国の日の丸を下ろして、市内全域で星条旗を掲げていた。赤と白と青の旗が壁の落書きのようにサンディエゴじゅうで揺れている。

久地樂の注意が一カ所の黒い塊にむいた。センサーはその正体を分析できずにいる。まわりに三機の小型のメカがすでに到着している。大きさはどれも久地樂のハリネズミ号の半分くらいだ。識別用の塗装はなく、装甲も控えめ。移動は遅く、関節の動きが鈍い。

「さあて、どないなっとる?」久地樂が電卓に訊いた。

「ホムンクルス機が奇妙なものを発見した」通話装置ごしに声が答えた。

「ホムンクルス機というのは?」ベンが若名に訊いた。

「電卓シミュレーションで動くロボットだ」

それを聞いた久地樂が説明した。

「ガキのおもちゃや。USJ参謀本部は電卓脳でうちらを代替できる思うとるのよ」

ホムンクルス機はその黒いものを調べている。アメーバのようにうごめき、全体は銀河のような形で、ゆっくり拡大している。

久地楽はそれをスクリーンで見ると、すぐに叫んだ。

「あかん、ホムンクルス機を退却させるんや！」

「だめだ」通話装置の声が答えた。

「ありゃマウスⅨ超重戦車の液体迷彩やで。あいつらじゃ相手にならん。うちがすぐに始末せんと――」

「控えろ。状況が安定しているうちはホムンクルス機に対応をまかせろ。多面変形プロジェクターを使ってこれから――」

「あほか！　あんたらのおもちゃはひとたまりもないで」久地楽は叫んだ。

「静観しろ」

土の塊がみるみるうちに消えて、四台の巨大な戦車があらわれた。メカにくらべれば小さいとはいえ、それぞれ大口径の大砲をそなえている。おもな移動手段は履帯《りたい》だが、左右にはえた機械の腕が移動を補助し、不整地では脚のかわりもする。装甲は分厚く、ほとんどの攻撃をはじき返す。爆弾も大砲弾もよせつけない。

「ドイツ軍の昔の戦車ですね」ベンが言った。

「GW団は闇市場で買ったのだろう」若名は言った。

「あれを操縦できるのはバイオモーフだけだと思っていました」

若名がアフガニスタンにいたときに、ドイツ軍が繰り出してきたのがバイオモーフの操縦する機甲師団だった。バイオモーフは隷属化された人間である。生体改造され、数年間の心理操作と身体操作によって理想的な兵士に仕立てられている。感情はなく、完璧な忠誠心を持つ。

「GW団が乗って使えるように改造してあるのだろう。久地楽、彼らは危険か？」若名は訊いた。

「扱いを知らんかったら危険かもな」

「きみは知っているのか？」

「ナチスと最初に戦こうたときがバイオモーフ相手やった。相棒を殺され、うちも殺されかけたわ」

「どうやって生き延びたのだ？」

「当時の四脚メカでとどめを刺したった。ハリネズミ號はそれより百倍強力や」

四台の戦車は一番手前のホムンクルス機に砲撃した。通常の砲弾ではなく、特殊な化学物質だ。黒い網状に広がって目標にとりつき、ロボットのあらゆる隙間から内部に侵入を試みる。ホムンクルス機は腕大砲《アームキャノン》を発射して抗戦した。戦車は一斉砲撃でホムンクルス機の装甲板に穴を開けた。そこから黒い物体が奥へはいっていく。全身の関節に侵入したところで爆発した。壊れた破片が周囲の家々に降りそそぐ。センサーの表示によれば、数百人が押しつぶされて一瞬で死亡した。

「どこぞの将校があほなホムンクルス機を使う作戦にこだわったせいで、民間人がぎょうさん死ぬ。ホムンクルス機に大和魂はないんやで！」久地樂が叫んだ。

「ロボットに名誉は必要ないだろうな」ベンが言った。

「人と動物のちがいは名誉のあるなしや」

「ロボットは動物ですらない」

「それ以下。うちらの欠陥だらけの似姿や」

戦車は二機目のホムンクルス機に狙いを移した。副砲のレールガンから巨大なドリルと吸盤のようなものを発射する。それはロボットの胸部に貼りつき、やがて内側から爆発した。ハリネズミ号より小型とはいえ、それでも大きいホムンクルス機である。その巨体が転倒するとビル二棟を押しつぶした。地域の発電機が二機巻きこまれ、一帯は停電した。薄暗いなかで死が渦巻く。電卓ディスプレーの表示によると千人以上が死んだようだ。

「あんたら、座席すわってベルト締めな！」久地楽は若名とベンに怒鳴った。

二人は左の隅にある座席にすわり、腕と腰を固定するベルトを締めた。さらにヘルメットをかぶり、座席の上に吊られている身体保護プレートも使って体を固定した。

「GW団は外国から支援を受けているにちがいないな。独力でこのような武器を入手できるわけがない」若名は言った。

「さきほど闇市場で入手したのだろうと……」

「イタリアの闇市場だ。イタリア人は両陣営に武器を提供して相争わせている。ナチスもそこを介してGW団を援助している。わが軍の弱点を研究する目的でな」

「事実上の戦争行為にあたるのでは？」

「けして表沙汰にはならない。イタリアの闇市場をはさむことで関係は否定できる。われわれもおなじことをドイツ軍にしているんだ」

四台の巨大戦車は、最後のホムンクルス機に一斉砲撃を加えて粉々に破壊した。側面の機械の腕を使ってその場で方向転換するので、狭い場所でも迅速に通り抜けられる。

四台は市内の破壊を続けた。そのうちの一発が図書館を直撃し、爆発した。

若名はうめいた。

「数万人の著者による知識と思想が失われた」

「人間より本のほうが重要なんですね」ベンが言った。

戦車はまだハリネズミ號に攻撃してこなかった。むしろアメリカ人を攻撃している。

「どうして味方を攻撃するんでしょうか？」ベンが疑問を呈した。

若名もすぐには理解できなかったが、戦車内部をスキャンした画像を見てようやく理解した。

「そうか、バイオモーフの操縦者ごと買ったんだ」

「GW団はバイオモーフを制御できないんですか？」

若名は首を振った。

「戦場に放ったバイオモーフはだれも制御できない。だからドイツもその開発をあきらめたんだ」

何千体というバイオモーフが長年の実験と準備もむなしく放棄されたという話を若名は読んでいた。ドイツ軍が廃用にしたバイオモーフのその後の処分は未定とのことだったが、多くがこのように売却されたとしてもおかしくない。

「こっち来るで！」久地樂が警告した。通話装置にむけて言う。「戦車どもが襲ってきたよって、反撃さしてもらう。周辺地域に避難命令を出しや。でないともっと――」

「だめだ」参謀本部からの声が言った。

「なんやて?」

「戦闘地域から撤退しろ」

「戦車はどないするんや」

「あとで対応する」

「市内全部やられるで」

「放っておけ」

久地樂は市内のようすに目をもどして、通話装置を切った。

「どういうことでしょうか?」ベンが訊いた。

「USJ参謀本部はバイオモーフに市内の破壊を続けさせたいのだろう」若名は推測した。

久地樂は巨大な機械の体に似あわぬ滑らかな動きで、ハリネズミ号に融合剣《フユージヨン・ソード》を抜かせ、戦車のほうへ前進した。一台の戦車がこちらにむきなおり、大砲を撃った。ハリネズミ号は砲弾を避け、その装甲をソードで斬る。反対の腕でバランスをとって爪先立ちの姿勢を維持した。久地樂は液体の球のなかで無数のケーブルにつながれたままバレリーナのように動いている。次々と敏捷に姿勢を変える。戦車は逃げようとするが、ハリネズミ號はソードで砲身を斬り落とし、刺し貫き、その他の兵装を無力化していった。若名は座席でベルトを締めていてよかったと思った。そうでなければブリッジの奥へはじき飛ばされていただろう。

二台の戦車が砲撃し、メカは側面に二発被弾した。しかしまだ足もとの戦車を完全に破壊することに集中している。バイオモーフは次弾を撃とうとしている。そこでハリネズミ號は立ち上がり、戦車の残骸を盾にした。砲弾は戦車の下面にあたり、メカの胸部は無事だった。ハリネズミ號は二台にその残骸を投げつけ、次の獲物にするべく急速に駆け寄った。まず一台はソードを使って四つに斬った。もう一台には拳をふるい、上面を陥没させた。それでも抵抗しようとするのを、バイオモーフの操縦者ごと押しつぶした。

背後にいる最後の戦車に小銃弾がいくつも当たる音が聞こえた。地上のアメリカ人市民が撃っているのだ。

「なにやっとんのや、このあほども。制御でけへんことにようやっと気づいたか」久地樂はつぶやいた。

バイオモーフは装甲板を叩く小銃弾に苛立ったらしく、砲塔をそちらにまわした。大砲の一撃で民間人の武装勢力を一掃する。戦車は止まらず、周辺地域の破壊を続けた。

ブリッジのディスプレーにはセンサーのとらえる死亡者が次々と表示される。身許情報のある者を電卓が記録し、犠牲者として登録していく。短文表示で流れていく情報からすると、彼らのほとんどはなにも知らされていないUSJ市民のようだ。人種情報も付帯している。メキシコ人、フランス人、ブラジル人、中国人、インド人、オーストリア人、オーストラリア人……。

「撤退を命じられたはずでは？」ベンが小声で若名に訊いた。

「統帥権があるんだ。メカに搭乗している彼女は大元帥、すなわち最高司令官とおなじだ」若名は現場指揮権の独立性を説明した。

「戦車を全部つぶしたら、抵抗勢力が残ってまうやろ。その始末にうちらの部隊が出なあかん。一台だけ残しといたら、うちらのかわりに抵抗勢力を叩いて黙らせてくれるっちゅうわけや」

久地樂が説明した。そのようすは、さきほど言っていた〝悲惨な仕事か、もっと悲惨な仕事〟という二択を考えているようだ。

「どっちにせよ無辜の市民は巻きこまれるわな。それとも区別できるんか？　バイオモーフとちごうて、うちらの部隊は抵抗勢力と一般市民を区別できるんか？」

「わたしへの問いか？」若名は訊いた。

「あんさんに答えられるこっちゃないやろ」久地楽の返事は非難ではなく、既知の事実を述べるものだった。

久地楽は最後の戦車に目をもどした。ソードを機関砲に持ちかえ、マウスIXに一連射した。アメリカ人の撃つ小銃弾よりはるかに強力なので、超重戦車はメカにむきなおって進撃してきた。

久地楽はその砲身が照準合わせをするのを待った。電卓スクリーン上で赤い線が距離を計算する。火線がこちらに合致すると警報音が鳴りはじめた。照準がロックオンされると同時に、ハリネズミ號は動いて戦車を真っ二つに切断した。バイオモーフに対応のいとまをあたえず、跳びついて戦車の切断面から内部に手をいれる。内部にはさきほど見た迷彩液が充塡されていた。若名とベンにその液の奥は見通せなかったが、電卓スクリーンには人の姿が表示された。久地楽は液のなかの怪物を握りつぶして殺した。憎悪と悪意の濃縮液にバイオモーフは溶けていった。

久地楽は両手をあわせて一礼した。

「みんな勇敢に戦こうたな」バイオモーフの名誉を称えた。それから若名のほうにむく。

「ここからオテイメサ基地まで十五分や」

「大丈夫なのか？」

「うちらみんな無事やないか」

「きみの命令違反のことだ」

「あかんかったらあかんだけや。しかたがない」

「呼び出しをくらう心配はないよ」ベンが言った。

「どういうことや？」

「心配いらない。僕がこっそり処理して、今夜の記録が残らないようにしておくから」

久地楽は若名を見た。若名は肩をすくめて答えた。

「彼は優秀だ」

「あんたは電卓いじるのがうまいんか？」

「それなりにね」ベンは控えめに答えた。

若名は自分の電卓を見たが、外部接続は圏外になっていた。

「内部の機界接続はあるか？」

久地楽は接続用のプロトコルを教えた。若名はつないで最新ニュースを読んだ。

「軍事施設への自爆攻撃がこの一時間に三十件起きている」若名は陰鬱に説明した。指はベルトを神経質にさすっている。「もはやこれを終わらせるには、民間の武装勢力を完全に排除するしかない。この状況にかんがみ、六浦賀中佐は昇進する。能岡大尉もだ。

彼は突然の英雄扱いに驚いたことだろう。今回の戦いの最初の従軍記章――サンディエゴ戦争章の候補になっている」

「東京参謀本部は失望したということですか?」

「できるだけ早期の状況解決を望んでいる」若名は杖を折らんばかりに強く握りしめた。

そこからオテイメサ基地までは障害に遭遇することなくたどり着けた。

「乗せてくれて助かった」若名は久地楽に礼を言った。

「今夜の責任者がおったら、しばいとってくれや」

「そうしよう」

本書は、二〇一六年十月に新☆ハヤカワ・SF・シリーズ版と同時に文庫二分冊で刊行されました。

タイム・シップ〈新版〉

The Time Ships

スティーヴン・バクスター

中原尚哉訳

〈英国SF協会賞／フィリップ・K・ディック賞受賞〉一八九一年、タイム・マシンを発明した時間航行家は、エロイ族のウィーナを救うため再び未来へ旅立った。だが、たどり着いた先は、高度な知性を有するモーロック族が支配する異なる時間線の未来だった。英米独日のＳＦ賞を受賞した量子論ＳＦ。解説／中村融

ハヤカワ文庫

オール・クリア（上・下）

All Clear

コニー・ウィリス
大森 望訳

〔ヒューゴー賞／ネビュラ賞／ローカス賞受賞〕二〇六〇年から、第二次大戦中英国での現地調査に送り出されたオックスフォード大学の史学生、マイク、ポリー、アイリーンの三人は、大空襲下のロンドンで奇跡的に再会を果たし、未来へ戻る方法を探すが……。『ブラックアウト』とともに主要ＳＦ賞を独占した大作

ハヤカワ文庫

宇宙の戦士〈新訳版〉

Starship Troopers

ロバート・A・ハインライン

内田昌之訳

〈ヒューゴー賞受賞〉恐るべき破壊力を秘めたパワードスーツを着用し、宇宙空間から惑星へと降下、奇襲をかける機動歩兵。この宇宙最強部隊での過酷な訓練や異星人との戦いを通し、若きジョニーは第一級の兵士へと成長する……。映画・アニメに多大な影響を与えたミリタリーＳＦの原点、ここに。解説／加藤直之

ハヤカワ文庫

レッド・ライジング

火星の簒奪者

Red Rising

ピアース・ブラウン

内田昌之訳

最下カースト・レッドの人々は、人類の未来のためと信じ、火星の地下で過酷な労働の日々を送っている。だがそれはすべて偽りだった。少年ダロウは、社会改革のため、肉体改造を受け、次代の艦隊司令官や惑星総督を選抜する支配階級ゴールドのエリート養成校に潜入することに。少年の壮絶なサバイバルが始まる！

中継ステーション〈新訳版〉

Way Station

クリフォード・D・シマック
山田順子訳

〈ヒューゴー賞受賞〉アメリカ中西部のごくふつうの農家にしか見えない一軒家は、じつは銀河の星々を結ぶ中継ステーションだった。その農家で孤独に暮らす元北軍兵士イーノック・ウォレスは、百年のあいだステーションの管理人をつとめてきたが、その存在を怪しむＣＩＡが調査を開始していた!?　解説／森下一仁

ハヤカワ文庫

明日と明日

TOMORROW AND TOMORROW

トマス・スウェターリッチ

日暮雅通訳

ピッツバーグが〈終末〉を迎えてから10年。仮想現実空間に再現された街アーカイヴで保険調査に従事するドミニクは、妻との幸せな記憶が残るアーカイヴに入り浸る毎日だ。だが調査対象の女性が殺されている映像を発見したことで、真実と幻影の迷宮へと迷い込むことに。新鋭の鮮烈なデビューを飾る近未来ノワール

ハヤカワ文庫

訳者略歴　1964年生，1987年東京都立大学人文学部英米文学科卒，英米文学翻訳家　訳書『死者の代弁者〔新訳版〕』カード，『タイム・シップ〔新版〕』バクスター，『新任少尉、出撃！』シェパード，『神の水』バチガルピ（以上早川書房刊）他多数

HM=Hayakawa Mystery
SF=Science Fiction
JA=Japanese Author
NV=Novel
NF=Nonfiction
FT=Fantasy

ユナイテッド・ステイツ・オブ・ジャパン〔上〕

〈SF2098〉

二〇一六年十月二十五日　発行
二〇一六年十一月　十　日　三刷
（定価はカバーに表示してあります）

著者　ピーター・トライアス
訳者　中《なか》原《はら》尚《なお》哉《や》
発行者　早川　浩
発行所　株式会社　早川書房
郵便番号　一〇一 - 〇〇四六
東京都千代田区神田多町二ノ二
電話　〇三 - 三二五二 - 三一一一（大代表）
振替　〇〇一六〇 - 三 - 四七七九九
http://www.hayakawa-online.co.jp
乱丁・落丁本は小社制作部宛お送り下さい。
送料小社負担にてお取りかえいたします。

印刷・精文堂印刷株式会社　製本・株式会社川島製本所
Printed and bound in Japan
ISBN978-4-15-012098-6 C0197

本書は活字が大きく読みやすい〈トールサイズ〉です。